U0112232

陆文夫

陆文夫 著

吃也是一种艺术

浙江文艺出版社
Zhejiang Literature & Art Publishing House

图书在版编目（CIP）数据

陆文夫：吃也是一种艺术 / 陆文夫著 . —杭州：
浙江文艺出版社，2024.6
ISBN 978-7-5339-7499-2

Ⅰ.①陆… Ⅱ.①陆… Ⅲ.①散文集—中国—当
代 Ⅳ.①I267

中国国家版本馆CIP数据核字（2024）第041795号

统　　筹	王晓乐	封面设计	广　岛
责任编辑	邓东山	封面插画	Stano
责任校对	许红梅	营销编辑	张恩惠
责任印制	吴春娟	数字编辑	姜梦冉 诸婧琦

陆文夫：吃也是一种艺术

陆文夫 著

出版发行	浙江文艺出版社
地　　址	杭州市环城北路177号
邮　　编	310006
电　　话	0571-85176953（总编办）
	0571-85152727（市场部）
制　　版	杭州天一图文制作有限公司
印　　刷	杭州丰源印刷有限公司
开　　本	880毫米×1230毫米　1/32
字　　数	135千字
印　　张	7.75
插　　页	2
版　　次	2024年6月第1版
印　　次	2024年6月第1次印刷
书　　号	ISBN 978-7-5339-7499-2
定　　价	39.80元

出版说明

自五四新文化运动以来，中国文学面目一新。在中西方文化的碰撞与融合中，小说、诗歌、戏剧等文学形式完成蜕变与新生，而散文以其自由自在的天性，踵事增华，其成果蔚为大观。

郁达夫认为，较之古代的"文"，现代中国散文有三点特异之处，即"'个人'的发见""内容范围的扩大""人性，社会性，与大自然的调和"（《中国新文学大系·散文二集·导言》）。散文家们兼收并蓄，将万事万物融于一心，"以我手写我口"，取径不同，或叙事、抒情、议论，或写人、描景、状物；风格各异，或蕴藉、洗练、飞扬，或磅礴、绮丽、缜密。就应用而言，以学识、阅历、心境为核心的小品文，以小见大，言近旨远，张扬个人性情；以观察、讽刺、同情为底色的杂文，见微知著，刚柔相济，召唤战斗精神……种种流派，非止一端。

为了给当代读者提供一套选目得当、编校精良的散文选本，我们推出"名家散文"系列，从灿若星辰的中国现代散文家中遴选出一批作者，精选其散文创作中的经典作品，结集成册，以飨读者，或可视作对百年现代中国散文的一次阶段性回顾与总结。我们相信，尽管这些作品产生的背景千差万别，但其呈现的智识与感性、追求与希冀，是跨越时空而能与读者共鸣的。我们也相信，经典之所以为经典，因其经得起时间的汰洗，这里的文章，初读，是迎面撞上万千世界，吉光片羽，亦足珍惜；再读，则是与无数智者的重逢，向内发现自己，向外发现众生。

文学的历史同时也是·部语言文字的历史，而汉语的标准化也随着时间的推移不断地演变、更新。五四白话文运动以来，文学语言流动而多变，呈现出丰富和复杂的样貌。文字、词汇、语法的繁芜丛杂背后，是思想文化的多元与活跃，也是作家不同审美取向和个人风格的展现。因此，我们在编辑过程中尽量尊重文章原刊或初版时的面貌，使读者能够感受到语言的时代特色，比如"的""地""底"共存的现象。同时，考虑到读者尤其是学生的阅读需求，我们按当下的规范做了有限度的修订。

编辑出版工作中难免存在不足之处，热忱欢迎广大读者批评指正。

浙江文艺出版社

目　录

生命的留痕

姑苏之恋

写写文章的人

吃喝
之道

一人独饮也很有情趣，可以看着窗下的小船一艘艘咿咿呀呀地摇过去。

写在《美食家》之后

幼年时，我曾经有个很滑稽的想法：人活着如果不需要吃饭的话，那会省却多少烦恼啊！及长，知道这是不可能的，连猪八戒都很饕餮，孙猴儿还要偷仙桃哪！不仅是人，任何动物植物、神仙妖魔都是要"吃饭"的。可是，我的滑稽想法并未因此而消失，只是换了个方位，寄希望于科学。觉得在科学高度发展之后，人们可以制造出一种纯营养的食品，制成药丸或是装在牙膏管里，每日吞下那么几颗或是向嘴巴里挤那么一点。那时候所有的土地都会变成花园，无人去脸朝黄土背朝天，终年劳累。人世间的许多纷争也可就此停歇。转而一想，此种科学幻想是不科学的。如果所有的人从生到死都是向嘴巴里挤"牙膏"，那就不可避免地要引起消化器官退化，就会出现像《镜花缘》里所描写的无肠国了。李汝珍在写《镜花缘》时也可能有过如我之想入非非吧，或者说我之想入非非也可能是从《镜花缘》中来的。李汝珍比我高明，他虽然幻想出一个无肠国，可那无肠公子还是要吃东西，吃得又多又好。何也？因为吃饭除掉疗饥和营养之外，它本身还是一种享受，一种娱乐，一种快感，一种社交方式，一种必要的礼仪。挤"牙膏"虽然可以省却无穷的烦恼，可那无穷的乐趣也就没有了，且不说从有肠到无肠之前人类还可能毁灭！

逃遁无术，只有老老实实地面对吃饭问题。

鲁迅翻开封建社会史之后发现了两个字：吃人。我看了人类生活史之后也发现了两个字：吃饭。同时发现这"吃人"与"吃饭"之间有着不可分割的联系。历代的农民造反、革命爆发，都和"吃饭"有关系。《国际歌》的第一句话就是"起来，饥寒交迫的奴隶"，这是一句很完整的话，它概括了"吃饭"与"吃人"，提出了生活和政治两个方面的问题。百余年间千百万志士仁人揭竿而起，高唱着"起来，饥寒交迫的奴隶"去浴血奋战。这一段惊天动地、可歌可泣的历史，我们的子孙后代不会也不应该忘记。在特定的历史条件下，不首先解决"吃人"的问题，那"吃饭"问题是无法解决的。只是由于诸多并非偶然的历史因素，我们在基本上解决了"吃人"的问题之后，没有把"吃饭"的问题提到首位，还是紧紧地围绕着"吃人"打主意；甚至把并非吃人而是救人的人当作走资派和各种分子来斗。历史的责任分摊到每个人的头上时当然有大小主次之别，但也不可能完全是与我无涉。小子后生，才疏学浅，而且经常挨斗，却也是难以自辞其咎的。一个人从某个阶段向另一个阶段过渡时，他很难一下子改变思想方法、工作方法和割断感情上的各种联系。冲破惯性需要有大智大勇，当事后诸葛亮是用不着足智多谋的。

回想当年我们确实把"吃饭"看得简单了。虽然没有人提出可以挤"牙膏"，可那亩产两万斤和提高出饭率等等也很神奇。动辄一个卫星上天，仿佛"吃饭"问题已经不在话下，完全可以放开肚皮。没有想到政治也要接受饭桌的检验。不能小看家庭主妇手中的菜篮和网兜啊，那玩意是十分厉害的！你说形势一片大好，她那篮兜里没有东西，任你磨破嘴唇，用尽大字标题都是没有用的。当然，这些事儿和"文化大革命"等等都已经过去了。正因为已经过去，才有可能平心静气、深入细致地来探讨问题，得出教益。因为"吃饭"问题永远不会成为过去，它不可能用挤"牙膏"来作终结。

吃饭之所以难，还在于它会水涨船高，永无止境地向前发展，温饱仅仅是个开头。人对食物的味觉、视觉、触觉、营养以及心理作用等等是个难以对付的魔鬼。当年杨白劳借回二斤面来，喜儿就会高唱"欢欢喜喜过个年"了。现在的杨白劳过年如果只有二斤面的话，左邻右舍都会高喊不得了！助人为乐的冒富大叔恐怕早就把一袋面粉背过去了。光有面粉行吗，包饺子的肉呢？光有饺子行吗，菜呢？不喝两盅行吗？喝什么呢？……农村的杨白劳尚且如此，何况城里的张白劳呢！

旧中国十分贫穷。越是在贫穷的国度里，那饥寒交迫和穷奢极欲之间越是会相差十万八千里。在那十万八千里的高空，吃的文化也是登峰造极。作为使用某种文化的阶级可以打倒，作为某种文化的本身是打不倒，也不应该打倒的。吃的文化尤其表现得明显。对于此种文化应该保存并促其发展，但在使用时要有个限度，即限制在国力、物力、人力所许可的范围之内。十亿张嘴巴一齐大吃大喝，美食美饮，很容易把一个国家"吃"得光光的。

恕我对美食家略有不恭之意，非厌饫之所致，实乃悠悠寸心，抑或是杞人忧天。

1983 年

壶中日月

　　我小时候便能饮酒，所谓小时候大约是十二三岁，这事恐怕也是环境造成的。

　　我的故乡是江苏省的泰兴县，解放之前故乡算得上是个酒乡。泰兴盛产猪和酒，名闻长江下游。杜康酿酒其意在酒，故乡的农民酿酒，意不在酒而在猪。此意虽欠高雅，却也十分重大。酒糟是上好发酵饲料，可以养猪，养猪可以聚肥，肥多粮多，可望丰收。粮—猪—肥—粮，形成一个良性的生态循环，循环之中又分离出令人陶醉的酒。

　　在故乡，在种旱谷的地方，每个村庄上都有一二酒坊。这种酒坊不是常年生产，而是一年一次。冬天是烫酒的季节，平日冷落破败的酒坊便热闹起来，火光熊熊，烟雾缭绕，热气腾腾，成了大人们的聚会之处，成了孩子们的乐园。大人们可以大模大样地品酒，孩子们没有资格，便捧着小手到烫酒口偷饮几许。那酒称之为原泡，微温，醇和，孩子醉倒在酒缸边上的事儿常有。我当然也是其中的一个，只是没有醉倒过。孩子们还偷酒喝，大人们嗜酒那就更不待说。凡有婚丧喜庆，便要开怀畅饮，文雅一点用酒杯，一般的农家都用饭碗。酒坛子放在桌子的边上，内中插着一个竹制的长柄酒端。

十二三岁的时候，我的一位姨表姐结婚，三朝回门，娘家置酒会新亲，这是个闹酒的机会，娘家和婆家都要在亲戚中派几个酒鬼出席，千方百计地要把对方的人灌醉，那阵势就像民间的武术比赛似的。我有幸躬逢盛宴，目睹这一场比赛进行得如火如荼，眼看娘家人纷纷败下阵来时，便按捺不住，跳将出来，与对方的酒鬼连干了三大杯，居然面不改色，熬到终席。下席以后虽然酣睡了三小时，但这并不为败，更不为丑。乡间的人只反对武醉，不反对文醉。所谓武醉便是喝了酒以后骂人、打架、摔物件、打老婆；所谓文醉便是睡觉，不管你是睡在草堆旁、河坎边，抑或是睡在灰堆上，闹个大花脸。我能和酒鬼较量，而且是文醉，因而便成为美谈：某某人家的儿子是会喝酒的。

我的父亲不禁止我喝酒，但也不赞成我喝酒，他教导我说，一个人要想在社会上做点事情，须有四戒，戒烟（鸦片烟），戒赌，戒嫖，戒酒。四者涵其一，定无出息。我小时候总想有点出息，所以再也不喝酒了。参加工作以后逢场作戏，偶尔也喝他几斤黄酒，但平时是绝不喝酒的。

不期到了二十九岁，又躬逢反右派斗争，批判、检查，惶惶不可终日。我不知道与世长辞是个什么味道，却深深体会世界离我而去是个什么滋味。1957年的国庆节不能回家，大街上充满了节日的气氛，斗室里却死一般的沉寂。一时间百感交集：算啦，反正也没有什么出息了，不如买点酒来喝喝吧。从此便一发不可收拾……

小时候喝酒是闹着玩儿的，这时候喝酒却应了古语，是为了浇愁。借酒浇愁愁更愁，这话也不尽然，要不然，那又何必去饮它呢？

借酒浇愁愁将息。痛饮小醉，泪两行，长叹息。昏昏然，茫茫然，往事如烟。飘忽不定，若隐若现。世间事，人负我，我负人，何必何必！三杯两盏六十四度，却也能敌那晚来风急。

设若与二三知己对饮，酒入愁肠，顿生豪情，口出狂言，倒霉的事都忘了，检讨过的事也不认账了："我错呀，那时候……"剩下的都是正确的、受骗的、不得已的。略有几分酒意之后，倒霉的事情索性不提了，最倒霉的人也有最得意的时候，包括长得帅、跑得快、会写文章、能饮五斤黄酒之类。喝得糊里糊涂的时候便竞相比赛狂言了，似乎每个人都能干出一番伟大的事业，如果不是……不过，这时候得注意有不糊涂的人在座，在邻座，在隔壁，在门外的天井里，否则，到下一次揭发批判时，这杯苦酒你吃不了也得兜着走。

一个人也没有那么多的愁要解，"问君能有几多愁，恰似一江春水向东流"。愁多得恰似一江春水，那也就见愁不愁，任其自流了。饮酒到了第二阶段，我是为了解乏的。

1958年"大跃进"，我下放在一爿机床厂里做车工，连着几个月打夜工，动辄三天两夜不睡觉，那时候也顾不上什么愁了，最大的要求是睡觉。特别是冬天，到了曙色萌动之际，浑身虚脱，像浸泡在凉水里，那车床在自行，个把小时之内用不着动手，人站着，眼皮上像坠着石头，脚下的土地在往下沉、沉……突然一下，惊醒过来，然后再沉、沉……我的天哪，这时候我才知道，什么叫瞌睡如山倒。这时候如果有人高喊八级地震来了，我的第一反应便是：你别嚷嚷，让我睡一会。

别叫苦，酒来了！乘午夜吃夜餐的时候，我买一瓶粮食白酒藏在口袋里，躲在食堂的角落里喝。夜餐是一碗面条，没有菜，吃一口面条，喝一口酒；有时候，为了加快速度，不引人注意，便把酒倒在面条里，呼呼啦啦，把吃喝混为一体。这时候，我倒不大可怜鲁迅笔下的孔乙己了，反生了些许羡慕之意。那位老前辈虽然被人家打断了腿，却也能在柜台前慢慢地饮酒，还有一碟多乎哉不多也的茴香豆！

喝了酒以后再进车间，便添了几分精神，而且浑身暖和。虽然有点晕晕乎乎，但此种晕乎是酒意而非睡意；眼睛有点蒙眬，但是眼皮上没有系石头。耳朵特别尖灵，听得出车床的响声，听得出走刀行到哪里。二两五白酒能熬过漫漫长夜，迎来晨光熹微。苏州人称二两五一瓶的白酒叫小炮仗，多谢小炮仗，轰然一响，才使我没有倒在车床的边上。

酒能驱眠，也能催眠，这叫化进化出，看你用在何时何地，每个能饮的人都能灵活运用，无师自通。

1964年我又入了另册，到南京附近的江陵县李家生产队去劳动，那次劳动是货真价实，见天便挑河泥，七八十斤的担子压在肩上，爬河坎，走田埂，歪歪斜斜，摇摇欲坠，每一趟都觉得再也跑不到头了，一定会倒下了，结果却又死背活缠地到了泥塘边。有时候还想背几句诗词来代替那单调的号子，增加点精神刺激。可惜的是任何诗句都没有描绘过此种情景，只有一个词牌比较相近：《如梦令》，因为此时已经神体分离，像患了梦游症似的。晚饭以后应该早点上床了吧，不行，挑担子只能劳其筋骨，却不动脑筋，停下来以后虽然浑身酸痛，头脑却十分清醒，爬上床去会辗转反侧，百感丛生，这时候需要用酒来化解。乘天色昏暗，到小镇上去敲开店门，妙哉，居然还有兔肉可买。那时间正在"四清"，实行"三同"，不许吃肉。随它去吧，暂且向鲁智深学习，花和尚也是革命的。急买半斤白酒，兔肉四两，酒瓶握在手里，兔肉放在口袋里，匆匆忙忙地往回走，必须在不到二里的行程中把酒喝完，把肉啖尽。好在天色已经大黑，路无行人，远近的村庄上传来狗吠三声两声。仰头、引颈、竖瓶，将进酒见满天星斗，时有流星；低头啖肉、看路，闻草虫唧唧，或有蛙声。虽无明月可邀，却有天地作陪，万幸，万幸！

我算得十分精确，到了村口的小河边，正好酒空肉尽，然后把空瓶灌满水，沉入河底，不留蛛丝马迹。这下子可以入化了，梦里不知身是客，一夜沉睡到天明。

饮酒到了第三阶段，便会产生混合效应，全方位，多功能：解忧、助兴、驱眠、催眠、解乏，无所不在，无所不能。今日天气大好，久雨放晴，草塘水满，彩蝶纷纷，如此良辰美景岂能无酒？今日阴云四合，风急雨冷，夜来独伴孤灯，无酒难到天明；有朋自远方来，喜出望外，痛饮；无人登门，孑然一身，该饮；今日家中菜好，无酒枉对佳肴；今日无啥可吃，菜不够，酒来凑，君子在酒不在菜也……呜呼，此时饮酒实际上已经不是为了什么，就是为了饮酒。十年动乱期间，全家下放到黄海之滨，现在想起来，一切艰难困苦都已经淡泊了，留下的却是有关饮酒的回忆。

那是个荒诞的时代，喝酒的年头，成千的干部下放在一个县里，造茅屋，种自留地，养老母鸡，有饭可吃，无路可走。突然之间涌现出大批酒徒，连最规矩、最严谨、烟酒不入的铁甲卫士也在小酒店里喝得面红耳赤，晃荡过市。我想，他们正在走着我曾经走过的路："算啦，不如买点酒来喝喝吧。"路途虽有不同，心情却大体相似。我混在如此众多的故交新知之中，简直是如鱼得水。以前饮酒不敢张扬，被认为是一种堕落不轨的行为，此时饮酒则是豪放、豁达、快乐的游戏。三五酒友相约，今日到我家，明日到他家，不畏道路崎岖，拎着自行车可以从独木桥上走过去；不怕大河拦阻，脱下衣服顶在头上游向彼岸。喝醉了倒在黄沙公路上，仰天而卧，路人围观，掩嘴而过。这时间竟然想出诗句来了："醉卧沙场君莫笑，古来征战几人回！"

那时，最大的遗憾是买不到酒，特别是好酒。为买酒曾经和店家吵过架，曾经挤掉了棉袄上的三粒纽扣。有粮食白酒已经不错了，常喝的是那种用地瓜干酿造的劣酒，俗名大头瘟，一喝头就昏。偶尔喝到一瓶优质双沟，以玉液琼浆视之，半斤下肚，神采飞扬，头不昏，脚不浮，口不渴，杜康酿的酒谁也没有喝过，大概也和双沟差不多。

喝到一举粉碎"四人帮"，那真是惊天动地，高潮迭起。中国人在一周之间几乎把所有的酒都喝得光光的。我痛饮一番之后拔笔为文，重操旧业，要写小说了。照理说，而今而后应当戒酒，才能有点出息。迟了！酒入膏肓，迷途难返，这半生颠沛流离，荣辱沉浮，都不曾离开过酒。没有菜时，可以把酒倒进面碗，没有好酒时，照样把大头瘟喝下去；今日躬逢盛宴，美酒佳肴当前，不喝有碍人情，有违天理，喝下去吧，你还等什么呢?!

喝不下去了，樽中有美酒，壶中无日月，时限快到了。从1957年喝到1990年，从二十九岁喝到六十二岁，整整三十三年的岁月从壶中漏掉了，酒量和年龄是成反比的，二两五白酒下肚，那嘴巴和脚步便有点守不住。特别是到老朋友家去小酌，临出门时家人千叮万嘱，好像我要去赴汤蹈火。连四岁的小外孙女也站在门口牙牙学语："爷爷你早点回来，少喝点老酒。"

"爷爷知道，少喝，一定少喝。"

无奈两杯下肚，豪情复发："咄，这点儿酒算得了什么，想当年……"当年可想而不可返，豪情依然在，体力不能支，结果是踉踉跄跄地摇回来，不知昨夜身置何处。最伤心的是常有讣告飞来，某某老酒友前日痛饮，昨夜溘然仙逝，不是死于心脏病，而是死于脑溢血，祸起于酒。此种前车之鉴，近几年来每年都有一两次。四周险象环生，在家庭中造成一种恐怖气氛，看见我喝酒就像看见我喝"敌敌畏"差不多。儿女情长，英雄气短，酒可解忧，到头来又造成了忧愁，人间事总要向反方向逆转。医生向我出示黄牌了："你要命还是要酒？"

"我……"我想，不要命不行，还有小说没有写完，不要酒也不行，活着就少了点情趣，"我要命也要酒。"

"不行，鱼和熊掌不可得兼，二者必取其一。"

"且慢，我们来点儿中庸之道。酒，少喝点；命，少要点。如果能活八十岁的话，七十五就行了，那五年反正也写不了小说，不如拿来换酒喝。"

医生笑了："果真如此，或可两全。从今以后，白酒不得超过一两五，黄酒不得超过三两，啤酒算作饮料，但也不能把一瓶都喝下去。"

我立即举双手赞成，多谢医生关照。

第三天碰到一位多年不见的酒友，却又喝得昏昏糊糊。

记不清是喝了多少，大……大概是超过了一两五。

1987 年 10 月 10 日

姑苏菜艺

我不想多说苏州菜怎么好了，因为苏州市每天都要接待几万名中外游客、来往客商、会议代表，几万张嘴巴同时评说苏州菜的是非，其中不乏吃遍中外的美食家，应该多听他们的意见。同时我也发现，全国和世界各地的人都说自己的家乡菜好，你说吃在某处，他说吃在某地，究其原因，这吃和各人的环境、习性、经历、文化水平等等都有关系。

人们评说，苏州菜有三大特点：精细、新鲜、品种随着节令的变化而改变。这三大特点是由苏州的天、地、人决定的。苏州人的性格温和，办事精细，所以他的菜也就精致，清淡中偏甜，没有强烈的刺激。听说苏州菜中有一只绿豆芽，是把鸡丝嵌在绿豆芽里，其精的程度可以和苏州的刺绣媲美。苏州是鱼米之乡，地处水网与湖泊之间，过去，在自家的水码头上可以捞鱼摸虾，不新鲜的鱼虾是无人问津的。从前，苏州市有两大蔬菜基地，南园和北园，这两个菜园子都在城里面。菜农黎明起菜，天不亮就可以挑到小菜场，挑到巷子口，那菜叶上还沾着夜来的露水。七年前，我有一位朋友千方百计地从北京调回来，我问他为什么，他说是为了回到苏州来吃苏州的青菜。这位朋友不是因莼鲈之思而归故里，竟然是为了吃青菜而回来的。虽然不是唯一的原因，但也可见苏州人对新鲜食物是嗜之如命的。头刀（或二刀）韭菜、青蚕豆、鲜笋、菜花甲鱼、太湖莼菜、马兰头……四时八节都有时菜，如果有哪种时菜没有吃上，那老太太或老先生便要叹息，好像今年的日子过得有点不舒畅，总是缺了点什么东西。

我们所说的苏州菜，通常是指菜馆里的菜、宾馆里的菜，其实，一般的苏州人并不是经常上饭店，除非是去吃喜酒、陪宾客什么的。苏州人的日常饮食和饭店里的菜有同有异，另成体系，即所谓的苏州家常菜。饭店里的菜也是千百年间在家常菜的基础上提高、发展而定型的。家常过日子没有饭店里的那种条件，也花不起那么多的钱，所以家常菜都比较简朴，可是简朴并不等于简单，经济实惠还得制作精细，精细有时并不消耗物力，消耗的是时间、智慧和耐力，这三者对苏州人来说是并不缺乏的。

吃也是一种艺术，艺术的风格有两大类。一种是华，一种是朴；华近乎雕琢，朴近乎自然，华朴相错是为妙品。人们对艺术的欣赏是华久则思朴，朴久则思华，两种风格轮流交替，互补互济，以求得某种平衡。近华还是近朴，则因时因地因人而异。吃也是同样的道理。比如说，炒头刀韭菜、炒青蚕豆、荠菜肉丝豆腐、麻酱油香干拌马兰头，这些都是苏州的家常菜，很少有人不喜欢吃的。可是日日吃家常菜的人也想到菜馆里去弄一顿，换换口味。已故的苏州老作家周瘦鹃、范烟桥、程小青先生，算得上是苏州的美食家，他们的家常菜也是不马虎的。可在当年我们常常相约去松鹤楼"尝尝味道"。如果碰上连续几天宴请，他们又要高喊吃不消，要回家吃青菜了。前两年威尼斯的市长到苏州来访问，苏州市的市长在得月楼设宴招待贵宾。当年得月楼的经理是特级服务技师顾应根，他估计这位市长从北京等地吃过来，什么世面都见过了，便以苏州的家常菜待客，精心制作，朴素而近乎自然。威尼斯的市长大为惊异，中国菜竟有如此的美味！苏州菜中有一只松鼠鳜鱼，是苏州名菜，家庭中条件有限，做不出来。可是苏州的家常菜中常用雪里蕻烧鳜鱼汤，再加一点冬笋片和火腿片。如果我有机会在苏州的饭店做东或陪客的话，我常常指明要一只雪里蕻大汤鳜鱼，中外宾客食之无不赞美。鳜鱼雪菜汤虽然不像鲈鱼莼菜那么名贵，却也颇有田园和民间的风味。顺便说一句，名贵的菜不一定都是鲜美的，只是因其有名或价钱贵而已。烹调艺术是一种艺术，艺术切忌粗制滥造，但也反对矫揉造作，热衷于原料的高贵和形式主义。

近年来，随着人民生活水平的提高，旅游事业的发展，经济交往的增多，苏州的菜馆生意兴隆，日无虚席。苏州的各色名菜都有了恢复与发展，但也碰到了问题，这问题不是苏州所特有，而是全国性的。问题的产生也很简单：吃的人太多。俗话说人多没好食，特别是苏州菜，以精细为其长，几十桌筵席一起开，楼上楼下都坐得满满的，吃喜酒的人像赶集似的拥进店堂里。对不起，那烹饪就不得不采取工业化的方式了，来点儿流水作业。有一次，我陪几位朋友上饭馆，饭店的经理认识我，对我很客气，问我有什么要求。我说只有一个小小的要求，即要求那菜一只只地下去，一只只地上来。经理无可奈何地摇摇头："办不到。"

所谓一只只地下去，就是不要把几盆虾仁之类的菜一起下锅炒，炒好了每只盆子里分一点，使得小锅菜成了大锅菜。大锅饭好吃，大锅菜却并不鲜美，尽管你是炒的虾仁或鲜贝。

所谓一只只地上来，就是要等客人们把第一只菜吃得差不多时，再把第二只菜下锅。不要一拥而上，把盆子摞在盆子上，吃到一半便汤菜冰凉，油花结成油皮。中餐和西餐不同，中餐除掉冷盆之外，都是要趁热吃的。饭店经理也知道这一点，可他又有什么办法呢，哪来那么多的人手，哪来那么大的场地？红炉上的菜单有一叠，不可能专用一只炉灶，专用一个厨师来为一桌人服务，等着你去细细地品味。如果服务员不站在桌子旁边等扫地，那就算是客气的。

有些老吃客往往叹息，说传统的烹调技术失传，菜的质量不如从前，这话也不尽然。有一次，苏州的特一级厨师吴涌根的儿子结婚，他的儿子继承父业，也是有名的厨师，父子合作了一桌菜，请几位老朋友到他家聚聚。我的吃龄不长，清末民初的苏州美食没有吃过，可我有幸参加过50年代初期苏州最盛大的宴会，当年苏州的名厨师云集，一顿饭吃了四个钟头。我觉得吴家父子的那一桌菜，比起50年代初期来毫无逊色，而且有许多创造与发展。内中有一只拔丝点心，那丝拔得和真丝一样，像一团云雾笼罩在盘子上，透过纱雾可见一只雪白的蚕蛹（小点心）卧在青花瓷盆里。吴师傅要我为此菜取个名字，我名之曰"春蚕"，苏州是丝绸之乡，蚕蛹也是可食的，吴家父子为这一桌菜准备了几天，他哪里有可能、有精力每天都办他几十桌呢？

苏州菜的第二个特点便是新鲜、时鲜，各大菜系的美食无不考究这一点，可是这一点也受到了采购、贮运和冷藏的威胁。冰箱是个好东西，说是可以保鲜，这里所谓的保鲜是保其在一定的时间内不坏，而不能保住菜蔬尤其是食用动物的鲜味。得月楼的特级厨师韩云焕，常为我的客人炒一只虾仁，那些吃遍中外的美食家食之无不赞美，认为是一种特技，可是这种特技有一个先决条件，那虾仁必须是现拆的，用的是活虾或是没有经过冰冻的虾。如果没有这种条件的话，韩师傅也只好抱歉："对不起，今天只好马虎点了，那虾仁是从冰箱里拿出来的。"看来，这吃的艺术也和其他的艺术一样，也都存在着普及与提高的问题。饭店里的菜本来是一种提高，吃的人太多了以后就成了一种普及，要在这种普及的基础上再提高，那就只有在大饭店里开小灶，由著名的厨师挂牌营业，就像大医院里开设主任门诊，那挂号费当然也得相应地提高点。烹调是一种艺术，真正的艺术都有艺术家的个性和独特的风格，集体创作与流水作业会阻碍艺术的发展。根据中国烹饪的特点，饭店的规模不宜太大，应开设一些有特色的小饭店。小饭店的卫生条件很好，环境不求洋化而具有民族的特点。像过去一样，炉灶就放在店堂里，文君当垆，当众表演，老吃客可以提要求，咸淡自便。那菜一只只地下去，一只只地上来当然就不成问题。每个人都可以拿起筷子来："请，趁热。"每个小饭店只要有一两只拿手菜，就可以做出点名声来。当今许多有名的菜馆，当初都是规模很小；当今的许多名菜，当初都是小饭馆里创造出来的。小饭馆当然不能每天办几十桌喜酒，那就让那些欢喜在大饭店里办喜酒的人去多花点儿气派钱。问题是那些开小饭店的人又不安心了，现在有不少的人都想少花力气多赚钱，不花力气赚大钱。

苏州菜有着十分悠久的传统，任何传统都不可能是一成不变的。这些年来苏州的菜也在变，偶尔发现有川菜和鲁菜的渗透。为适应外国人的习惯，还出现了所谓的宾馆菜。这些变化引起了苏州老吃客们的争议，有的赞成，有的反对。去年，坐落在察院场口的萃华园开张，这是一家苏州烹饪学校开设的大饭店，是负责培养厨师和服务员的。开张之日，苏州的美食家云集，对苏州菜未来的发展各抒己见。我说要保持苏州菜的传统特色，却遭到一位比我更精于此道的权威的反对："不对，要变，不能吃来吃去都是一样的。"我想想也对，世界上哪有不变的东西？不过，我倒是希望苏州菜在发展与变化的过程中，注意向苏州的家常菜靠拢，向苏州的小吃学习，从中吸收营养，加以提炼，开拓品种，这样才能既保持苏州菜的特色，而又不在原地踏步，更不至于变成川菜、鲁菜、粤菜等等的炒杂烩。

如果我们把烹饪当作一门艺术的话，就必须了解民间艺术是艺术的源泉，有特色的艺术都离不开这个基地，何况苏州的民间食品是那么的丰富多彩，新鲜精细，许多家庭的掌勺人都有那么几手。当然，把家常菜搬进大饭店又存在着价格问题，麻酱油香干拌马兰头，好菜，可那原料的采购、加工、切洗都很费事，却又不能把一盘拌马兰头卖他二十块钱。如果你向主持家政的苏州老太太献上这盘菜，她还会生气："什么，你叫我到松鹤楼来吃马兰头！"

1987年11月12日

屋后的酒店

　　苏州在早年间有一种酒店，是一种地地道道的酒店，这种酒店是只卖酒不卖菜，或者是只供应一点豆腐干、辣白菜、焙酥豆、油汆黄豆、花生米之类的下酒物，算不上是什么菜。"君子在酒不在菜"，这是中国饮者的传统观点。如果一个人饮酒还要考究菜，那只能算是吃喝之徒，进不了善饮者之行列。善饮者在社会上的知名度是很高的，李白曾经写道："古来圣贤皆寂寞，惟有饮者留其名。"不过，饮者之中也分三个等级，即酒仙、酒徒、酒鬼。李白自称酒仙，从唐代到今天，没有任何人敢于提出异议。秦末狂生郦食其，他对汉高祖刘邦也只敢自称是高阳酒徒，不敢称仙。至于苏州酒店里的那些常客，我看大多只是酒鬼而已，苏州话说他们是"灌黄汤的"，含有贬义。

喝酒为什么叫灌黄汤呢？因为苏州人喝的是黄酒，即绍兴酒，用江南的上好白米酿成，一般的是二十度以上，在中国酒中算是极其温和的，一顿喝二三斤黄酒恐怕还进不了酒鬼的行列。

黄酒要烫热了喝，特别是在冬春和秋天。烫热了的黄酒不仅是味道变得更加醇和，而且可使酒中的甲醇挥发掉，以减少酒对人体的危害。所以每爿酒店里都有一只大水缸，里面装满了热水，木制的缸盖上有许多圆洞，烫酒的铁皮酒桶就放在那个圆洞里，有半斤装的和一斤装的。一人独酌、二人对饮都是买半斤装的，喝完了再买，免得喝冷的。

酒店里的气氛比茶馆店里的气氛更加热烈，每个喝酒的人都在讲话，有几分酒意的人更是嗓门洪亮，"语重情长"，弄得酒店里一片轰鸣，谁也听不清谁讲的事体。酒鬼们就是欢喜这种气氛，三杯下肚，畅所欲言，牢骚满腹，怨气冲天，贬低别人，夸赞自己，用不着担心祸从口出，因为谁也没有听清楚那些酒后的真言。

也有人在酒店里独酌，即所谓喝闷酒的。在酒店里喝闷酒的人并不太闷，他们开始时也许有些沉闷，一个人买一筒热酒，端一盆焐酥豆，找一个靠边的位置坐下，浅斟细酌，环顾四周，好像是在听别人谈话。用不了多久，便会有另一个已经喝了几杯闷酒的人，拎着酒筒，端着酒杯挨到那独酌者的身边，轻轻地问道：有人吗？没有。好了，这就开始对谈了，从天气、物价到老婆孩子，然后进入主题，什么事情使他们烦恼什么便是主题，你说的他同意，他说的你点头，你敬我一杯，我敬你一杯，好像是志同道合，酒逢知己。等到酒尽人散，胸中的闷气也已发泄完毕，二人声称谈得投机，明天再见。明天即使再见到，却已谁也不认识谁。

我更爱另一种饮酒的场所，那不是酒店，是所谓的"堂吃"。那时候，酱园店里都卖黄酒，为了招揽生意，便在店堂的后面放一张桌子，你沽了酒以后可以坐在那里慢饮，没人为你服务，也没人管你，自便。

那时候的酱园店大都开设在河边，取其水路运输的方便，所以"堂吃"的那张桌子也多是放在临河的窗子口。一二知己，沽点酒，买点酱鸭、熏鱼、兰花豆之类的下酒物，临河凭栏，小酌细谈，这里没有酒店的喧闹和那种使人难以忍受的乌烟瘴气。一人独饮也很有情趣，可以看着窗下的小船一艘艘咿咿呀呀地摇过去。特别是在大雪纷飞的时候，路无行人，时近黄昏，用蒙眬的醉眼看迷蒙的世界。美酒、人生、天地，莽莽苍苍有遁世之意，此时此地畅饮，可以进入酒仙的行列。

近十年来，我对"堂吃"早已不存奢望了，只希望在什么角落里能找到一爿酒店，那种只卖酒不卖菜的酒店。酒店没有了，酒吧却到处可见。酒吧并非中国人饮酒之所在，只是借洋酒、洋乐、洋设备，赚那些欢喜学洋的人的大钱。酒吧者是借酒之名扒你的口袋也，是所谓之曰"酒扒"。

1991 年 8 月 21 日

门前的茶馆

早在40年代的初期，我住在苏州的山塘街上，对门有一家茶馆。所谓对门也只是相隔两三米，那茶馆店就像是开在我的家里。我每天坐在窗前读书，每日也就看着那爿茶馆店，那里有人生百图，十分有趣。

每至曙色朦胧、鸡叫头遍的时候，对门茶馆店里就有了人声，那些茶瘾很深的老茶客，到时候就睡不着了，爬起来洗把脸，昏昏糊糊地跑进茶馆店，一杯浓茶下肚，才算是真正醒了过来，才开始他一天的生涯。

第一壶茶是清胃的，洗净隔夜的沉积，引起饥饿的感觉，然后吃早点。吃完早点后有些人起身走了，用现在的话说大概是去上班的。大多数的人都不走，继续喝下去，直喝到把胃里的早点都消化掉，算是吃通了。所以苏州人把上茶馆叫作孵茶馆，像老母鸡孵蛋似的坐在那里不动身。

小茶馆是个大世界，各种小贩都来兜生意，卖香烟、瓜子、花生的终日不断，卖大饼、油条、麻团的人是来供应早点。然后是各种小吃担都要在茶馆的门口停一歇。有卖油炸臭豆腐干的、卖鸡鸭血粉丝汤的、卖糖粥的、卖小馄饨的……间或还有卖唱的，一个姑娘搀着一个戴墨镜的瞎子，走到茶馆的中央，瞎子坐着，姑娘站着，姑娘尖着嗓子唱，瞎子拉着二胡伴奏。许多电影和电视片里至今还有此种镜头，总是表现那姑娘生得如何美丽，那小曲儿唱得如何动听等等之类。其实，我所见到的卖唱姑娘长得都不美，面黄肌瘦，发育不全，歌声也不悦耳，只是唤起人们的恻隐之心，给几个铜板而已。

茶馆店不仅是个卖茶的地方，孵在那里不动身的人也不仅是为了喝茶的。这里是个信息中心，交际场所，从天下大事到个人隐私，老茶客们没有不知道的，尽管那些消息有时是空穴来风，有的是七折八扣。这里还是个交易市场，许多买卖人就在茶馆店里谈生意；这里也是个聚会的场所，许多人都相约几时几刻在茶馆店里碰头。最奇怪的还有一种所谓的吃"讲茶"，把某些民事纠纷拿到茶馆店评理。双方摆开阵势，各自陈述理由，让茶客们评论，最后由一位较有权势的人裁判。此种裁判具有很大的社会约束力，失败者即使再上诉法庭，转败为胜，社会舆论也不承认，说他是买通了衙门。

对门有人吃讲茶时，我都要去听，那俨然是个法庭，双方都请了能说会道的人申述理由，和现在的律师差不多。那位有权势的地方上的头面人物坐在正中的一张茶桌上，像个法官，那些孵茶馆的老茶客就是陪审团。不过，茶馆到底不是法庭，缺少威严，动不动就大骂山门，大打出手，打得茶壶茶杯乱飞，板凳桌子断腿。这时候，茶馆店的老板站在旁边不动声色，反正一切损失都有人赔，败诉的一方承担一切费用，包括那些老茶客一天的茶钱。

现在，苏州城里的茶馆店逐步减少以至于消失了，只有在农村里的小集镇上还偶尔可见。五年前我曾经重访过山塘街上的那家茶馆，那里已经没有了茶馆的痕迹，原址上造了三间新房和一个垃圾箱。

城里的茶馆店逐步消失的原因，近十年间主要是经济原因。开茶馆店无利可图，除掉园林和旅游点作为一种服务之外，其余的地方没人愿开茶馆店。一杯茶最多卖五毛钱，茶叶一毛五，开水五分钱，还有三毛钱要让你在那里孵半天，孵一天，那还不够付房租和水电费。不能提高到五块钱吗？谁去？当茶价提高到三毛钱的时候，许多老茶客就已经溜之大吉。只好眼睁睁地看着苏州的一大特色——茶馆逐渐消失。

那些老茶客都溜到哪里去了呢，是不是都孵在家里品茶呢？不全是，茶馆有茶馆的功能，非家庭所能代替。坐在家里喝茶谁来与你聊天，哪来那么多的消息？那些消息都是报纸上没有的。

老茶客们自己组织自助茶馆了，此种义举常常得到机关、工厂，特别是居民委员会的支持，找一个适当的场所，支起一个煤炉，搞一些台凳，茶客们自带茶具，带有一种俱乐部的性质，不是对外营业，说它是茶馆却和过去的茶馆不完全相似。这叫"无可奈何花落去，似曾相识燕归来"。

1992年11月

吃空气

现在的吃喝也真是日新月异，有人好像是吃得没法再吃了，只好转而吃空气。

所谓吃空气就是吃那饭店的气派、气势、气氛、豪华的装修、精致的餐具、小姐们垂手而立的服务……这一切都是空心汤团。一泡气，只能感受感受，吃是吃弗着的。至于那些吃得着的呢，那就一言难尽了。

中国的菜本来讲究色、香、味，后来有人加了个形，即菜的外形、造型。这一加就有文章了，全国各地大搞形式主义。冷盆里摆出一条金鱼、一只蝴蝶，用萝卜雕成玫瑰，用南瓜雕成凤凰等等。厨师如果不会雕刻，那就上不了等级。某次有人请我吃饭，席面上摆着一只用南瓜雕成的凤凰，那南瓜是生的（当然是生的），不能吃。我问大厨师，雕这么一只凤凰要花多少时间，他说大概要三个小时。我听了觉得十分可惜，有三个小时，不，不需要三个小时，你可以把那只鲫鱼汤多烧烧，把汤煮得像牛奶似的，这是我们苏州菜的拿手戏，何必那么匆匆忙忙，把鱼汤烧得像清水？

"你不懂，这一套外国人欢喜，外国人一看，啊，危惹那也斯！拿起照相机来咔嚓咔嚓，带回家去放幻灯片。说来你又不信，去年我们到国外去参加烹饪大奖赛，第一天我们做了四只苏州的拿手菜，色香味俱全，你吃了绝对会满意。可那评委看了不吭声，照顾点中国的名声，铜牌。得金牌的是什么呢？也不过是在蛋糕上用奶油做了一点花朵和动物什么的。我们一看，噢，这还不容易。第二天用船盆做了一个两尺长的万里长城，长城上下还有一百多个身穿各种服装的国内外的游人，个个栩栩如生。外国人一看，啊，危惹那也斯！金牌。其实，这玩意不属于烹饪，是无锡惠山的泥人。"

"噢，不能以此为例，第一，那评委是西洋人，他们对中国菜不习惯或者是不熟悉。第二，那是所谓的大奖赛，空头戏，你看那服装大奖赛，有几件是能穿的。如果那模特儿从台上扭呀扭地扭下来，扭进一条灯光暗淡的弄堂里，那会把小孩子吓得哭出来的。"

"空头戏？现在的人就欢喜空头戏。你不弄点儿空头戏，他还认为你不高级。问题是这些来吃的人腰包里不空，肚子里也不空，你给他来点实实在在的他吃不下，只能来点儿空头戏。"

空头戏越唱越热闹了，新开的饭店都在那里拼命地比装潢，比设备，很少听说哪家新开的饭店想和人家比比那盘子里的东西。早年间，每一爿有名的饭店都有一二只名菜，要吃那名菜一定得去那一家饭店，那名菜可以世代相传，质量不变。现在却不大听说了，东西南北都是差不多的。只是有时候会掀起一阵浪潮，近一两年的浪潮是南海潮，学广东，要吃生猛海鲜。海鲜当然好啰，可它的主要之点是"生猛"。广东靠海，当然可以"生猛"，你那远海地区怎么生猛得起来呢？说是空运的，此话只有耳朵能听，眼睛和鼻子都是不肯接受的；那大虾的头和身体都快要分家了，海鲜一进门就来了一股腥臭味，怎能相信那是空运的？海鲜虽不生猛，可那价钱却是十分生猛的！

那饭店好气派呀，侍者拉门，小姐相迎，大红的地毯从门口一直铺到三楼；旋转楼梯上的铜扶手擦得锃亮，小包房里冬暖夏凉，整套的红木家具、雪白的台布，每个人的面前有两只小盆子、三只玻璃杯，一双筷子套在纸袋里，可能是一次性的。台面上是梅花形的拼盘，中心盆里可能就是一样能看不能吃的东西。能吃的东西当然也有，而且还是不少的，一会儿换只盘子，一会儿来只小盅，一会儿来只小气锅，里面仅有两块鸡。至于那现炒现上的炒菜却几乎看不见。中国的炒菜是一大特点，过去吃酒水通常的规格是四六四，即四只冷盆、六只炒菜、四只大菜。高档一点的有八只炒菜、十只炒菜，炒菜里面还有双拼三拼，即一个盘子里有两种或三种不同的菜肴。现在上来的菜品种也多，原料也不能说是不高级，可你老是觉得这些菜是一锅煮出来的高级大锅菜，不像从前那一只只的炒菜有声有色，争妍斗奇，炒腰花、炒里脊、炒糖醋排骨，那动作，那火候，几乎都是在一刹那间决定的。现在呢，干脆，没了。

有一位懂吃的老朋友要请几位海外的贵客，当然要进高级饭店，还没有吃出什么名堂来就完了，一算账将近三千元钱。老朋友背着客人对服务员说："小姐，这桌饭实在是不值三千块钱。"

"老同志，这不算贵，旁的不说了，你看我们用的餐具，多高级！"

"那就请你拿个大塑料口袋来，要大的。"

"把剩菜打包？"

"不，让我把餐具带回去。"

餐具当然未能带回去，即使能带得回来的话，那进口空调呢，红木家具呢，高档地毯呢……高额的投资就必须赚回高额的利润，这是个合情合理而且十分简单的道理。千百万元的银行利息都得从你的盘子里扒回去，拉门的侍者、垂手而立的服务小姐都是要发工资的。你看着办吧，你是想吃气氛呢，还是想吃盘子里的东西？据说，某市的商业局局长请各地来的十多位商业局局长吃饭，结果却是在一爿个体户开的小饭馆里，人人吃得满意，当然，那个体户绝不敢斩商业局的局长的。

1993 年 5 月 22 日

吸烟与时髦

吸烟早就不是什么时髦的事了，已经成了一种不良的嗜好，一种不文明的行为，几乎是所有的公共场所都禁止吸烟，每年五月的最后一天还被定为世界无烟日。在某些国家和地区，吸烟好像是做贼似的。烟民们的声誉如此地一落千丈，这在半个世纪之前是不可想象的。

想当年，抽香烟的人都是时髦人，能在市面上走走的大人先生，常常是头戴一顶礼帽，手拿一根拐杖，嘴咬一根烟嘴，烟嘴里插着一支燃烧着的香烟……哇，有派头，是新潮人物！和现在的大款是一样的。

抽香烟为什么会被认为是时髦呢？因为那时的中国人都是抽旱烟、抽水烟。老农民穷得揭不开锅，也有一根旱烟杆儿别在腰眼里。

烟杆儿的种类很多，从最简单的竹根烟杆到名贵的紫檀烟杆、玉石烟杆、银烟杆、铜烟杆，短的只有五六寸，长的要有一丈多。劳动者多用短烟杆，不抽的时候便插在腰带上，或者是插在后颈的领圈里。士绅们多用长烟杆，拖在手里像一根拐杖，抽烟的时候要别人替他点火，或者是凑到火苗上，伸进火盆里。长烟杆还可以打人，地主打农民往往用烟杆在农民的头上笃一下，这一下很疼，可以把你的头上打出一个瘤，打出一个洞也可以，因为那烟锅是铜做的。中国的武侠小说里有个怪侠欧阳德，他就是用烟杆作武器，天下无敌。

抽水烟通常要比抽旱烟高一个档次了，用的是水烟袋，这玩意设计得十分巧妙，实际上是一个铜壶，壶内灌了一定数量的水，烟经过水的过滤再吸进嘴里。中国的烟民直到今天还引以为荣，认为这是世界上最科学的吸烟工具，可以把烟中的焦油、灰尘和部分尼古丁都溶在水里，比现在用的过滤嘴要高明百倍。

在中国的中上层人士中，抽水烟曾经是很流行的，甚至产生了一种烧水烟的职业，即在茶馆酒肆、牌局宴席上，有人用一种特制的水烟袋侍候那些吸烟的，那水烟袋弯弯的烟管长约一米，烧烟人站在一米之外把烟嘴凑到你的嘴边，让你手脚不动地吸几口。没有规定吸一口是多少钱，用现在的话说是收取服务费，服务费高低从来就没有定规。

时髦的事情来了——抽香烟。说起来也很奇怪，大凡时髦的玩意都是从外国传来的。

香烟肯定不是国产的，我最早见到的香烟是老刀牌，商标是一个拿着大刀的海盗，人们都称之为强盗牌。香烟是从上海流传到我们家乡的乡镇。乡镇的烟民开始时抵制香烟，不敢吸，说是吸了香烟之后就不会生孩子，是洋人用来亡国灭种的，这可能和英国人向中国贩卖鸦片有关系。

烟草商也有办法，派出推销员深入小镇和码头，把香烟摆在地摊上，免费请大家吸，推销员自己吸个不停，说明吸香烟没有问题，你要买也可以，比黄烟丝还要便宜。当然也有勇敢的人带头，吸了也没有什么问题，于是，香烟就流行开了，烟价也就立即涨上去，弄得一般的人也吸不起，还是抽旱烟。学时髦也很花钱。

我的祖父开始是抽旱烟，后来抽水烟，他有两个白铜的水烟袋，一个是自用，一个是待客的。我童年时对祖父的印象便是在清晨的睡梦之中听见他咕咕地抽水烟，如果半夜醒来还听见那咕咕的声音，那就是家中有了什么疑难的事情。

我的父亲经商，他抽香烟，40年代听装的香烟质量很好，抽起来香气四溢，中国人把纸烟叫作香烟即是由此而来的。

我的父亲"教子有方"，当我十五六岁的时候便鼓励我抽香烟："你将来要到社会上去混，抽烟是一种必不可少的交际，迟早都要学会。"那时谁也不知道抽烟会短命或是要生癌症的。

我父亲的话没有说错，自从香烟风行之后，请人抽烟就成了一种礼节。家里来了客人首先是泡茶、敬烟。如果自己不抽烟，又未准备烟，那就必须道歉："对不起了，没有烟敬你。"如果是求人办事、婚丧喜庆、朋友聚会、请人做工，那没有烟是不行的。早在40年代，我们家乡的农民通常都买一包香烟放在土灶上的炕洞里，那里干燥，烟不会霉，成年累月地放着，以防贵客临门。于是，烟的意义已经不仅是一种嗜好，发展而成为一种社交礼仪和拉关系的手段，愈演愈烈，直至今天。前两年社会上流行着一种说法，如果有什么环节打不通的话，那就先用手榴弹去摔（送酒），再用爆破筒去炸（送烟），因为送收烟酒也算不上贪污行贿。中国的烟民之众，烟草的消耗量之大，在当今的世界上居于首位，吸烟不仅是个嗜好问题，而且是个社会问题，是社会习俗和社会心理的一个组成部分。比如说八个人在一起开会或聊天，其中有六个人抽烟，第一个掏出烟来的人就必须向其他的五个人每人敬一支，否则的话你就有点瞧不起人，或者是小气。来而不往非礼也，第二个人便掏出烟来每人敬一支。如此轮番一遍，每人就抽了六支烟，根据烟瘾的需要抽两支也就行了，其余的四支是"被动吸烟"。那你不能不抽吗？这就要看情况了，有时候不能不抽，不抽便是瞧不起敬烟的人，或者是嫌他的烟不够高级。中国人的戒烟之难，实在是因为敬烟和吸烟已经成了人际关系中的一种礼节。

一个人吸什么样的烟，竟然成了一种身份的标志。四十年前我和一个朋友到一家高级宾馆去找人，门房不让进，要我们出示身份证明。我们都拿不出，便和看门的人磨嘴皮。我的那位朋友灵机一动，便从口袋里摸出一包中华牌的香烟，一人一支抽了起来。那看门的见我们居然能抽中华牌的香烟，绝非等闲之辈，便挥挥手，让我们进去。由此可见，香烟已经不仅是一个有毒的物质，而且是一种不良的精神状态。

小小的一支香烟，从时髦到不时髦甚至有害，人们对它的认识差不多花了一百年，认识是一个多么漫长的过程啊，赶时髦可得当心点！

1997 年 5 月

人之于味

"你最欢喜吃什么菜？"

这是个最简单而又最复杂的问题，因为这里所指的菜并非一般意义上的菜，而是有美食、美味的含义。食物一旦上升为美食，那就成了一种艺术，其功效就不仅仅是疗饥，而是一种出于生理需要的艺术欣赏。吃的艺术是一种多门类的综合学科，是自然科学、人文科学、生理学、心理学的混合体。欣赏美食，就像是欣赏艺术表演。欢喜不欢喜，一是要看艺术的本身；二是要看各人的欣赏水平；三是要看各人的欣赏习惯；四是要看在什么场合，什么环境，什么气氛，与谁共赏以及欣赏的频率等等。

先说这菜的本身。菜要讲究色、香、味、形，但要以味为主。色、香、形是通过视觉与嗅觉使人兴奋起来，品味才是欣赏的开始。就像听音乐，舞台上的灯光布景、艺术家的风度等等都只是属于视觉上的美感。等到乐声一起，你就会完全沉浸于美妙的旋律之中，而忘记了舞台和灯光的存在。音乐和戏剧的饕餮之徒，甚至是不看舞台，而是闭上眼睛在那里静静地聆听。吃也是如此，食物一旦进入口中，色和形就不存在了，香混入味中，吃的过程实际上是一种对味的体验，是和闭着眼睛听戏一样。由此可以回答"你最欢喜吃什么菜"。答曰，只要是味道好的菜我都欢喜；不仅是我欢喜，大多数的人也会欢喜。孟子曰，口之于味有同嗜焉。

口之于味有同嗜，可以理解为人人都欢喜吃，都欢喜吃味道好的东西。那么，什么叫味道好，怎么辨别？

答曰，这就要看各人的敏感程度了。音乐家对声音特别敏感，作家对形象特别敏感，美食家的味觉也特别灵敏，这恐怕是有某种基因在起作用。除此之外就要由你的"吃历"来决定了，不登高山，不见平地，好与不好、好与更好都是相比较而存在的。比如说你曾经吃过鲫鱼汤，此种鲫鱼是活的，是生长在没有污染的淡水里，美味！后来又吃到鲫鱼汤，鱼也是活的，但却是在受到轻度污染的淡水中长大的，或者说虽然是在未受污染的淡水中长大，但已在冰箱中放了三天，那就不美了，缺少那种难以言喻的鲜味。当然，如果鱼是在一种受污染比较严重的淡水里长大的，那就糟了，不能吃，有一股火油味。这就是有比较才能识别，如果你从来就没有吃过未受污染的鱼和未受污染的水，你就不能辨别活鱼和死鱼、受污染和未受污染的鱼之间有何区别，还可能会误认为原来就是这样的。

以上对于味的辨别是属于菜的本身。除此之外还有许多主观的因素可以影响人对美味的判别，诸如各人的饮食习惯，是否有吃的需要，与谁共进美餐，进餐的环境等等。如果是二三知己相逢，临窗设宴小酌，相互间只叙友情，不发牢骚……那，每个菜都可以加十分，只要是那鱼汤中没有火油味。设若是为了应酬而赴宴，菜很高级，人不熟悉，相互间无话可说，没话还要找话说；甚至于心怀鬼胎，曲意奉承，想通过吃来达到什么目的。这时候，即便菜的味道是极品，恐怕也要拿掉一个最高分，加上一个最低分。

近些年来，在欣赏美食方面还产生了一个社会学的问题，即有部分人欣赏美食的频率太高，差不多日日赴宴，甚至于一日两顿，这就使得味觉疲劳、迟钝，觉得什么菜都没有味道，样样菜都是老一套。按理说此时应该暂停，在家里吃一点粗茶淡饭，消除疲劳，休养生息。不行，还得不停地吃喝。这些人作为一股强大的消费力量，正在左右着饮食市场，为了适应这一部分顾客的需要，目前的饮食市场上出现了一种菜系，此种菜系不属于四大菜系也不属于八大菜系，姑妄名之曰"摇滚菜系"。此种菜系有两大特点：一是味重，使用蒜泥、香料、芥末、香菜等辅料和调味品，用重味来刺激那已经疲劳、迟钝的味觉神经。二是随意性很大，竞相发明新奇而近于怪异的品种，用以替代那老一套。不过，这恐怕也是一种暂时的现象，因为经常性的刺激也会使神经麻木，反复出现的奇异也就成了平常，到时候又要在一种新的形式下复归。

"你最欢喜吃什么菜?"变数虽然很多，但也有一点是不大容易变的，那就是各人的饮食的习惯，改变习惯可是一个漫长的过程！不管你走多远，你对家乡的菜都很怀念。自己家里的菜，吃了一辈子也没有"够"。天天赴宴，菜很高级，三天下来就会把吃饭当作受罪。在经济发达的地区，干部中流行着一句顺口溜："不怕廉政，只怕连顿"，上顿连着下顿地吃喝，实在是一种受罪。中国人的大吃大喝恐怕是从没吃少喝派生出来的。当然，也有一些人是"只怕廉政，不怕连顿"，那是因为连顿的时间太长了，天天吃喝已经成了一种习惯，三天不吃喝就会"淡出鸟来"。

"说了半天，你到底最欢喜吃什么菜?"

答曰："自己家里的菜。"

这倒不是说我家的菜特别好（也不差），习惯恐怕是主要的。我常常出差、出国，有时候还参加国际、国内的美食展、美食节，那都不乏佳肴美味。一旦回到家里，如果是春天的话，老伴儿肯定已端好了"腌笃鲜"，我喝了一口汤，长吁一口气："啊，吃遍天下，还是回家！"

附苏州家常菜两例：

1.腌笃鲜　这是苏州人每年春天必食之肉汤。原料为鲜肉、咸肉、春笋。辅料为少量之火腿片、香菇。放在沙锅中加水煨炖，笋切成块状，后放。咸肉最佳者为自制之暴腌肉，即在清明节前将肉腌制、阴晾风吹。此种暴腌肉不宜久存，只能吃到清明。苏州人专为腌笃鲜而制。

2.鲫鱼汤　活鲫鱼，不要太大，最好是半斤左右，鱼大肉老，非上品。辅料为冬笋片、少量火腿片。调料为葱、姜、黄酒。多熬，直至汤成奶白色。

1997年6月24日

永不凋零的艺术——吃

有幸与诸友雅集于西子湖畔，参加由楼外楼、杭州日报共同举办的西湖饮食文化笔会。此次笔会不用笔，只用嘴，品尝楼外楼的美食，谈论饮食文化的过去与未来，继承和发展。

讨论饮食文化的继承与发展，确实也可以名之为笔会，因为饮食文化和笔有密切的关系。许多名菜、名厨、名店都是靠诗文来传播的。名闻遐迩的楼外楼，这店名就是从南宋诗人林升的诗句中摘取而来的。当年到杭州时，他写下了脍炙人口的名句："山外青山楼外楼，西湖歌舞几时休？……"读过这首诗的人，一到西湖就会想起楼外楼，要到楼外楼去吃醋鱼；更不用说东坡肉了，它本身就是靠苏东坡的诗文和名声而传播的。文化的继承与发展，一是靠口碑，二是靠文字，文字的传播是主要的，当今的电视也很了得，但不及文字那么天长地久。

饮食文化和其他的文化一样，也有个继承与发展的问题。人吃了千百万年，从天上吃到地下，从海洋吃到陆地，吃出了经验，吃出了艺术。此种艺术有如日月中天，无与伦比，是永远不会凋谢的，因为全世界的人都在自觉和不自觉地参与此种艺术的创造，哪一种艺术有如此强大的生命力?!

华夏大地五千年的文明，多民族、多地区、多气候、多物种，形成了各种不同的菜系。毫不客气地说，中国人的烹饪艺术是世界第一。可是，此种世界第一的艺术也正在受到现代文明的挑战。因为中国的烹饪艺术有很强的个性和地区的局限性，有个性才有艺术，有局限才有特点，个性和局限曾经把中国的烹饪艺术推向峰巅。可是，随着现代交通与科技的发达，地区的局限正在逐步地减弱；随着烹饪操作过程的流水作业化，菜肴的个性也在逐步地消失，这就造成所谓的"现在的菜不如过去的好吃"。

今不如昔的原因主要是两个方面，一是菜肴的本身，一是吃客的本身。有资格谈论"过去"的都是中老年人。老年人身经百"战"，食欲减退，味觉迟钝，同样质量的菜肴也会觉得今不如昔。另一方面，菜肴的本身确实也有今不如昔之处。过去上饭店的人很少，饭店的规模也比较小，所谓的美食只是供少数人享受。早年间较为高档的筵席都是由大厨师一手操办，从原料采购，菜肴配制，直到煤炉操作，上菜的节奏等等，都是个人创作，不是集体创作，此种菜肴可以称得上是艺术，是有个性的。现在很难做到这一点了，现在稍具规模的饭店厨房像个篮球场，一只滚热的菜从煤炉上下来，等人拿上传送带，进入升降机，送到三楼的备餐间，再等服务员来送到客人的面前，如果是夏天倒也罢了，如果是冬天那菜差不多快凉了。中国的菜除掉冷盆之外，其余的都要热吃，主人邀客吃菜时，都是举起筷来点点："来来，趁热，趁热。"蟹粉凉了有腥味，冷肉吃下去要拉肚子的；一到冬天四川火锅就大行其道，其原因也就是一个热。

冷热犹可说也，更主要的是那厨师的作业不能流水，不能让采购、配菜、煤炉、服务各行其道。高明的厨师要认真地做好一席菜肴，他就要做许多的准备工作，要了解食者的背景材料。比如说食者是何等样人，来自何地，是否吃遍全国，是否连续"作战"？因为菜肴的好坏是由食者决定的，食者的爱好以及是否连顿等等都是很重要的，否则的话，你以为很好，他觉得是老一套，这就需要有背景材料作为配菜的参考。配菜是否得当，至关重要。早年的筵席间，如果有一只菜大家都不愿下箸，那厨师就要来道歉："对不起，我不知道大家的胃口。"他不认为是做得不好，只是在配菜上出了问题。

配菜即使得当，还要看原料的有无与好坏。菜的质量如何，原料是决定性的，不能靠采购员的批量采购，许多名菜对原料还有特殊的要求。就说这叫花鸡吧，是公鸡还是母鸡，是活杀鸡还是冰冻鸡，是饲养场里出来的鸡，还是农家的散养鸡？如果是一只冰冻的、饲养场里出来的鸡，完了，再高明的厨师也做不出高质量的叫花鸡。要知道，当年创造了"叫花鸡"的那个叫花子，他用的鸡是从老太婆那偷来的一只下蛋鸡，绝不是饲养场里出来的冰冻鸡。中国的名菜大多是有地方性的，大都和地方的物产有关系，物产又和季节有关系，所以说采购原料是很复杂的，有时候是可遇而不可求的。

中国的菜肴（不包括快餐之类）不适合于大规模的流水作业，连吃的方式也不能像西餐那样的分食，因为中国菜讲究色、香、味、形还有响声，除掉食用价值之外还有欣赏价值，对食物的欣赏也是对食欲的刺激。中国人用不着喝开胃酒，观色闻香就可以"吊胃口"。把食物分成一块块的放在小盘子里，那就少了点情趣，甚至分不清那小盅里是甲鱼还是乌骨鸡。

　　如此说来，中国的饮食文化就不能继承与发展了？不必担心，人为了吃，各种各样的方法都会想出来的。美食的经营者会想出方法来处理普及与提高的问题，侧重于提高的菜肴早就不是流水作业了，一个楼面一个厨房，一个大师只做一个席面或一两只拿手菜。这在国内外都有。还有一个不可忽视的力量，那就是遍地开花的饮食个体户。个体户不存在什么流水作业，也不存在部门牵制，他们如果不仅仅是想捞一把，而是想打出牌子做好菜的话，那就能把中国的菜艺发扬光大。要知道，中国的许多名菜名点都是从民间来的，都是从什么马家、谭家、石家、王麻子家，甚至是从叫花子那里学来的。

1997年11月20日

做鬼亦陶然

汪曾祺的逝世对我是一个打击，据说他的死和饮酒有点关系，因而他就成了我的前车之鉴，成了我的警钟："别喝了，你想想汪曾祺!"

可我一想起汪曾祺就出现了许多美好的回忆，回想起我们几个老酒友共饮时的情景，那真是妙不可言。

喝酒总是要有个借口，接风、送别、庆祝、婚丧喜庆、借酒浇愁……我和高晓声、叶至诚、林斤澜、汪曾祺等几个人坐在一起饮酒时，什么也不为，就是要喝酒。无愁可浇，无喜可庆，也没有什么既定的话要说；从不谈论文章，更无要事相托，谈的多是些什么种菜、采茶、捕鱼、摸虾、烧饭……东一榔头西一棒，随便提及，没头没尾。汪曾祺听不懂高晓声的常州话，我也听不大懂林斤澜的浙江音，这都不打紧，因为弄到后来谁也听不清谁讲了些什么，也不想去弄懂谁讲了些什么。没有干杯，从不劝酒，酒瓶放在桌子上，想喝就喝；不想用酒来联络感情，更不想乘酒酣耳热之际得到什么许可，没有什么目的，只求一种境界：云里雾里，陶然忘机。陶然忘机乃是一种舒畅、快乐，怡然自得，忘却尘俗的境界，在生活里扑腾的人能有此种片刻的享受，那是多么的美妙而又难能可贵！

说起来也很奇怪，喝酒的人死了都被认为是饮酒过多，即使已经戒酒多年，也被认为是过去多喝了点酒。其实，不喝酒的人也要死，我还没有见到哪个国家有过统计，说喝酒人的死亡率要比不喝酒的人高些。相反，最近到处转载了一条消息，说是爱喝葡萄酒的法国人，死于心血管病的人倒比不爱喝葡萄酒的美国人低。我不相信喝酒有什么坏处，也不相信喝酒对身体有什么好处，主要是看你怎么喝，喝什么。喝得陶然忘机是一种享受，喝得烂醉如泥是一种痛苦；喝优质酒舒畅，喝劣质酒头疼，喝假酒送命。

如果不喝假酒，不喝劣酒，不酗酒，那么，酒和死就没有太多的联系，相反，酒和生，和生活的丰富多彩倒是不可分割的。纵观上下五千年，那酒造成了多少历史的转折，造成了多少千秋佳话，壮怀激烈！文学岂能无酒？如果把《唐诗三百首》拿来，见"酒"就删，试问还有几首是可以存在的？《红楼梦》中如果不写各式各样的酒宴，那书就没法读下去。李白是个伟大的诗人，可是他的诗名还不如他的酒名。尊他为诗圣的人，不如尊他为酒仙的人多。早年间乡村酒店门前都有"太白遗风"几个字，有的是写在墙上，有的是挑起幌子，尽管那开酒店的老板并不识字。李白有自知之明，他生前就已经知道了这一点，但他并不恼怒，不认为这是对他文学成就的否定，反而有点洋洋得意，还在诗中写道："古来圣贤皆寂寞，惟有饮者留其名。"

饮者留其名中也有一点不那么好听的名声，说起来某人是喝酒喝死了的。汪曾祺也逃不脱这一点，有人说他是某次躬逢盛宴，饮酒稍多引发痼疾而亡。有人说不对，某次盛宴他没有多喝。其实，多喝少喝都不是主要的，除非是汪曾祺能活百岁，要不然的话，他的死总是和酒有关系。岂止汪曾祺，酒仙之如李白，人家也要说他是喝酒喝死了的。不过，那说法倒也颇有诗意，说是李白舟中夜饮，见明月当空，月映水中，李白举杯邀天上的明月共饮，天上的明月不应；水中的月儿却因风而动，笑脸相迎，李白大喜，举杯纵身入水，一去不回。

我想，当李白纵身入水时，可能还哼了两声："醉饮江中月，做鬼亦陶然。"

1998年5月1日

不平常的家常菜点

人们很早就希望有一本苏州家常菜点谱，不要太复杂，不要太高级，但要能体现出苏州家常菜的水平。不要认为家常菜就是马马虎虎的"随粥便饭"，不对，苏州的家常菜不马虎，有名的苏州菜就是在苏州家常菜的基础上生发而成的。在苏州的大街小巷、深宅大院中，小康人家的阿婆阿嫂往往都是烹饪的高手。饮食文化也和其他的文化一样，总是在一定的经济基础上由千百万人创造，由少数人总结提高而成的。

家常菜最大的特点不是以用料的高贵取胜，而是以选料和制作的精细见长。阿婆阿嫂到小菜场上去买菜，绝不是"捞到篮里就是菜"，而是要左挑右拣。同样是青菜，是上海菜还是苏州青；同样是莴笋，是尖叶还是圆叶……原材料选好之后，切配、烹调更是细模细样，一丝不苟。制作高档的菜点往往是不惜工本，家常菜却是惜本而不惜工，经济而又实惠，用平常的原料制作出不平常的菜点。

说起来也有点奇怪，能够使人百吃不厌、终生难忘的菜点往往并非山珍海味，而是家常的菜点。一个人如果天天吃山珍海味，吃三天就会厌腻，可那家常的菜点，吃了一辈子还是津津有味。特别是苏州人，对家乡的菜点总是那么终生难忘。苏州人走遍海角天涯，客住异国他乡，怎么也忘不了外婆、祖母、母亲做的家常菜。

苏州市烹饪协会做了一件好事，特请多位烹饪大师，集思广益，精选部分家常菜点刊之于世，使得苏州的这一民间菜系得以保存与流传，并在流传中得到发展。现在，人们的居住条件正在逐步地改善，很多人家都有了设备较好的厨房，在这么好的厨房中如果不能烹调出几样拿手好菜，未免就有点儿遗憾了。但愿这本小书能为弥补此种遗憾作出一点贡献。

1998 年 10 月 29 日

吃喝之道

我曾经写过一篇小说，名曰《美食家》。坏了，这一来自己也就成了"美食家"，人们当众介绍："这位就是美食家陆某……"其实，此家非那家，我大小也应当算是个作家。不过，我听到了"美食家陆某"时也微笑点头，坦然受之，并有提升一级之感。因为当作家并不难，只需要一张纸与一支笔；纸张好坏不论，笔也随处可取。当美食家可不一样了。一是要有相应的财富和机遇，吃得到，吃得起；二是要有十分灵敏的味觉，食而能知其味；三是要懂得一点烹调的原理；四是要会营造吃的环境、心情和氛围。美食和饮食是两个概念，饮食是解渴与充饥，美食是以嘴巴为主的艺术欣赏——品味。

美食家并非天生，也需要学习，最好还要能得到名师的指点。我所以能懂得一点吃喝之道，是向我的前辈作家周瘦鹃先生学来的。周先生被认为是鸳鸯蝴蝶派的首领，上个世纪的30年代，他在上海滩上编《申报·自由谈》《礼拜六》《紫罗兰》，包括大光明的海报在内，总共有六份出版物，家还住在苏州。刊物需要稿件，他的拉稿方法就是在上海或苏州举行宴会，请著名的作家、报人赴宴，在宴会上约稿。周先生自己是作家，也应邀赴别人的约稿的宴会。你请他，他请你，使得周先生身经百战，精通了吃的艺术。名人词典上只载明周先生是位作家、盆景艺术家，其实还应该加上一个头衔——美食家。难怪，那时没有美食家之称，只能名之曰会吃。会吃上不了词典，可在饭店和厨师之间周先生却是以吃闻名，因为厨师和饭店的名声是靠名家吃出来的。

余生也晚，直到60年代才有机会常与周先生共席。那时苏州有个作家协会的会员小组，有六七人。周先生是组长，组员有范烟桥、程小青等人，我是最年轻的一个，听候周先生的召唤。周先生每月要召集两次小组会议，名为学习，实际上是聚餐，到松鹤楼去吃一顿。那时没有人请客，每人出资四元，由我负责收付。周先生和程小青先生都能如数交足，只有范烟桥先生常常是忘记带钱。

每次聚餐，周先生都要提前三五天亲自到松鹤楼去一次，确定日期，并指定厨师，如果某某厨师不在，宁可另选吉日。他说，不懂吃的人是"吃饭店"，懂吃的人是"吃厨师"。这是我向周先生学来的第一要领，以后被多次的实践证明，此乃至理名言。

我们到松鹤楼坐下来，被周先生指定的大厨师便来了："各位今天想用点啥？"

周先生总是说："随你的便。"他点了厨师以后就不再点菜了，再点菜就有点小家子气，而且也容易打乱厨师的总体设计。名厨在操办此种宴席时，都是早有准备，包括采购原料都是亲自动手，一个人从头到尾，一气呵成，不像现在都是集体创作，流水作业。

苏州的饮食文化源远流长，就像昆剧一样，它有一套固定的程式。大幕拉开时是八只或十二只冷盆，成双，图个吉利。冷盆当然可吃，可它的着重点是色彩和形状。红黄蓝白色彩斑斓，龙凤呈祥形态各异。美食的要素是色、香、味、形、声。在嘴巴发挥作用之前，先由眼睛、鼻子和耳朵激发起食欲，引起所谓的馋涎欲滴，为消化食物做好准备。在眼耳鼻舌之中，耳朵的作用较少，据我所知的苏州菜中，有声有色的只有两种：一是"响油鳝糊"；一是"虾仁锅巴"，被称"天下第一菜"。响油鳝糊就是把鳝丝炒好拿上桌来，然后用一勺滚油向上面一浇，发出一阵"喳呀"的响声，同时腾起一股香味，有滋有味，引起食欲。虾仁锅巴也是如此，是把炸脆的锅巴放在一个大盆里拿上桌来，然后将一大碗虾仁、香菇、冬笋片、火腿丝等做成的热汤向大盆里一倒，发出一阵比响油鳝糊更为热闹的声音。据说，乾隆皇帝大为赞赏，称之为"天下第一菜"，看来也只有皇帝才有这么大的口气。可惜的是此种"天下第一菜"近来已不多见，原因是现在的大饭店都现代化了，炸脆的虾仁锅巴从篮球场那么大的厨房里拿出来，先放在备餐台上，再放到升降机中，升至二楼三楼或四楼的备餐台，然后再由服务小姐小心翼翼地放上手推车，推进三五十米，然后再放上桌来，这时候锅巴也快凉了，汤也不烫了，汤向锅巴里一倒，往往是无声无息，使得服务小姐十分尴尬，食者也索然无味，这样的事情我碰到过好几回。

我和周先生共餐时，从来没有碰到过如上的尴尬，因为那时的饭店都没有现在的规模，大名鼎鼎的松鹤楼也只是二层楼，从厨房到饭桌总在一分钟之内，更何况大厨师为我们烹调时是一对一，一只菜上来之后，大厨师也上来了，他站立在桌旁征求意见："各位觉得怎么样？"

周瘦鹃先生舍不得说个好字，总是说："唔，可以吃。"

程小青先生信耶稣，他宽恕一切，总是不停地称赞：

"好、好。"

范烟桥先生是闷吃，他没有周先生那么考究，只是对乳腐酱方（方块肉）、冰糖蹄髈有兴趣。

那时候的苏州菜是以炒菜为主，炒虾仁、炒鳝丝、炒腰花、炒蟹粉、炒塘鳢鱼片……炒菜的品种极多，吃遍不大可能，少了又不甘心，所以便有了双拼甚至三拼，即在一只腰盆中有两种或三种炒菜，每人对每种菜只吃一两筷。用周先生的美食理论来讲这不叫吃，叫尝，到饭店里来吃饭不是吃饱，而是"尝尝味道"，吃饱可以到面馆里去吃碗面，用不着到松鹤楼来吃酒席。这是美食学的第二要领，必须铭记，要不然，那行云流水似的菜肴有几十种，你能吃得下去？吃到后来就吃不动了，只能眼睁睁地看着那大菜冒热气。有人便因此而埋怨中国的宴席菜太多，太浪费。

所谓的菜太多，太浪费，那是没有遵守"尝尝味道"的规律。菜可以多，量不能大，每人只能吃一两筷，吃光了以后再上第二只菜。大厨师还要不时地观察"现场"，看见有哪一只菜没有吃光，他便要打招呼："对不起，我做得不配大家的胃口。"跟着便做一只"配胃口"的菜上来，把那不配胃口的菜撤下去。绝不是像现在这样，几十只菜一齐上，盆子压在盆子上，杯盘狼藉，一半是浪费。为了克服此种不文明的现象，于是便兴起了一种所谓的中餐西吃，由服务员分食，这好像是中学为体、西学为用的老花头。可惜的是中餐和西餐不同，吃法不能与内容分离。那色、香、味、形、声不能任意分割，拉开距离。把一条松鼠鳜鱼切成小块分你吃，头尾都不见了，你知道那是什么东西？有时候服务小姐在分割之前把菜在众食客面前亮亮相，叫先看后吃。看的时候吃不到，吃的时候看不见，只能看着面前的盘子把食物放到嘴里，稍一不留神，就分不清鸭与鸡，他说是烤鸭，却只有几块皮，吃完之后只记得有许多杯子和盘子在面前换来换去，却记不清楚到底吃了些什么东西。

如果承认美食是一种欣赏的话，那是要眼耳鼻舌同时起作用的，何况宴席中菜肴的配制是一个整体，是由浅入深，有序幕，有高潮，有结尾。荤素搭配，甜咸相间，还要有点心镶嵌其间。一席的点心通常是四道，最多的有八道。点心的品种也是花式繁多，这在饭店里属于白案，是另一体系，可是最好的厨师是集红白案于一身，把点心的形状与色彩和菜肴融为一体。

如果要多尝尝各美食的味道，那就必须集体行动，呼朋引类，像周瘦鹃先生那样每月召开两次小组会。如果是二三人偶然相遇，那就只能欣赏"折子戏"了。选看"折子戏"要美食家自己点菜了，他要了解某厨师有哪些拿手好戏，还要知道朋友们是来自何方，文化素养如何，因为美食有地方性，有习惯性，也与人的素质有关系。贪吃的要量多，暴发的要价高，年老的文化人要清淡点。点菜是否准确，往往是成败的关键。

美食之道是大道，具体的烹调术是由厨师或烹调高手来完成的。可这大道也非常道，三十年前的大道，当今是行不通了。七八年前，我曾经碰到一位当年为吾等掌厨的师傅，我说，当年我们吃的菜为啥现在都吃不到了。这位大厨师回答得很妙："你还想吃那时候的菜呀，那时候你们来一趟我们要忙好几天！"

这话说到点子上了，如果按照那时的水平，两三个厨师为我们忙三天，这三天的工资是多少钱！再加上一只红炉专门为我们服务，不能做其他的生意。那原料就不能谈了，鸡要散养的，甲鱼要天然的，人工饲养的鱼虾不鲜美，大棚里的蔬菜无原味……对于那些志在于"尝尝味道"的人来说，这些都是差不了半点。当然，要恢复"那时候的菜"也不是不可能，那就不是每人出四块钱了，至少要四百块钱才能解决问题。周先生再也不能每个月召开两次小组会了，四百块钱要写一个万字左右的短篇，一个月是绝不会写出两篇来的。到时候不仅是范烟桥先生要忘记带钱了，可能是所有的人钱包都忘记在家里。所以我开头便说，当美食家要比当作家难，谁封我是美食家便是提升了一级，谢谢。

2001 年 12 月 6 日

生命的留痕

人生的乐趣无处不在，问题是要善于寻找。

林间路

　　我熟悉一条林间的路，经常在这条小道上走来走去。这小道蜿蜒曲折，高低崎岖，它从大路旁一个很不显眼、灌木丛生的地方岔向深山里去。它几乎不能称之为路，只是大路旁的灌木丛偶然出现了一个豁口，从豁口间向前看，荒草有些歪倒，依稀有一条白线延伸而去。有人告诉我，你可以从这里走，也只能从这里走。

　　实在不好走啊！四下里都是树。树，我也曾见过，大路旁钻天的白杨，小河边婀娜的垂柳，公园里的林荫道更是有不少的情趣。可这里的树只受自然的安排，不听任何人的选择和摆布。松、杉、洋槐、酸枣、乌桕，什么都有，而且杂乱交错，没有次序。高的参天遮日，矮的却缠绕着脚踝。脚下除掉荆棘以外，还有巨石累累。那些巨石有的兀突在山巅，有的凌驾于溪流……不错，我也曾见过一种小路，它依山傍水，怪石巍峨，两旁古木参天，流泉潺潺而过；山上冲刷下来的沙砾被岸边的茅草挡住，自然而然地铺出一条平展展的沙路。在这种路上无须疾走，可以漫步，实在比走柏油马路有更多的享受。可惜我长期走过的林间道并非这样的路，走的目的也不是探胜访幽，多是为了买米、买盐、办事、访友。或是眼看天色不好，赶紧回家，以免又为风雪所阻。

我开始走这条路时非常吃力，非常难受，因为若干年来我走惯了大路，前面有人带领，身边有许多伙伴，他们会呼唤，会关顾。疲乏得立在路上打盹时，后面也会有人轻轻地推一下："走呀，同志！"所以我走路时习惯于昂首看着天边的彩霞，嘴里哼着轻快的歌。那时候我总以为人在认定了一条路之后，剩下的只有一个动作：走！忍耐着饥渴疲劳，不受路旁的花草引诱，一步步地走下去总能到头。自从踏上了这条林间的小道，再也不能昂首看着天边的彩霞了，因为天只是在枝叶间露出的不规则的线条、三角和圆圈。再也不能哼着轻快的歌了，要赶快低下头来观察哪里有前人走过的脚步，留神着哪里有石头绊脚，哪里有荆棘要把衣服和皮肉扯破，哪里阴湿苔滑，滚下去会跌得头破血流，哪里只能绕着走，为了进一步便得退两步。走一程还得停下来看看，有没有因为七拐八弯而把方向弄错。你不仅要注意脚下，还得估摸着天气的变化。在林间遇雨实在是件苦事，开始时容易上当，会以为那些枝叶像雨伞似的为你把雨水遮挡，会以为那些密集的雨点根本打不到你的身上。其实这仅仅是雨点聚集的过程，等到枝叶承受不了的时候，所有的积水便像瓢泼似的浇得你晕头转向！林间没有人家，到哪里去躲啊！

开始的时候我也曾有过埋怨：为什么不在林间修一条比较好走的路？后来才想到这条路上的行人是那么稀少，大路之所以大，因为在它上面走的人多，如果每个人所到之处都修筑一条驷马齐驱的大道，禾苗与林木就无生长之处，人畜都没有办法活下去。小路既然因客观的需要而存在，那么，别人能走，你也得走，谁都不是天之骄子！走大路便唱歌，走小路就埋怨，那也算不了什么。

说来也很可笑。我在林间的小道上走过几次之后，似乎有所领悟：原来走路除掉用脚之外，还得用头脑来思考，来琢磨。以前跟着别人去办事访友，或者是寻找住宿时，脚在移动，脑子里尽是些亲友相见之欢，或者是苦尽甘来的幻想。至于在哪里拐弯，在哪时过桥，进哪条巷子等等，从不注意。只是不时地向领路人发出询问：到了没有？没有到，下劲走；快到了，嘘口气。如果第二次需要自己单独去寻找旧地，完了，只记得那大门是什么样子，房间里有点什么陈设，至于怎么去寻找这扇大门却很茫然。

一旦踏上了林间的小道，你什么依赖都没有了。虽然不是前无古人后无来者，但你和古人和来者都保持着一定的距离，只好靠你自己去摸索、判断、分辨；向前人的足迹去求教，为来者留下一点信息。再也不能埋头赶路了，因为你首先得查看一下路在哪里。得站在高处四下里打量：有了，那里的荒草有些败倒，有一条依稀可辨的白线，肯定是前人留下的足迹。这白线如果与你要去的方向相同，顺着它向前走，大体上都能走得通，走到头。但也不能粗心大意，因为山羊到溪边来饮水，也会把荒草踏出一条白线。我有一次误入这条白线，结果却走上了悬崖峭壁。退回来仔细地观察、思考，明白了，原来人踏断的荒草都是齐根断，山羊踏败了的荒草除掉弄断少许几根之外，大部分是绊倒了茎叶，所以对白线也得加以区别。逢到拐弯处或岔路口时，还得记住几块形状特异的石头。不妨把它们想象成狮虎羊马，或者是抽烟的老头，这样可以加深点印象，添一点情趣。记着从羊石向右转，或者是从虎石的屁股后面擦过去。这一来，巨石虽然挡路，却也能成为指路的标记。

我也曾在林间的小道上遇过雨，有时候是细雨蒙蒙，有时候是大雨滂沱。后来注意天气预报，并且背熟了许多有关气象的谚语，什么"日没胭脂红，无雨即有风；日出胭脂红，有雨不到中"等等。虽然有点用处，但也不太准确，局部的气候是很难掌握的，山这边下雨山那边晴也是常有的事情。何况有时候明知道要下雨，或者已经在下了，为了某种不得已的原因，也只能上路，准备淋他一身湿透。如果你准备淋雨，那情况就不同了，就不会心慌，不存幻想，不去胡乱地奔跑。不紧不慢地一路行来，倒反而可以窥见许多平日难见的景象。可以看见狯鸟的窝巢，狡兔的洞穴，它们在慌忙避雨的时候，就会把那隐蔽的住所暴露在你的面前。还可以发现山泉是从何而来，在哪里汇合，又向哪里奔泻而去。这种来龙去脉在大雨滂沱的时候看得最清楚，从而使你估摸得出那溪流在平日里的深浅，必要的时候还可以涉水而过。

　　在山林间走小道，既要费脑筋，又得花大力气，如此说来岂不是一件十分苦恼的事体？是的，比起走大路来是有苦恼的一面，特别是开头的时候，这苦恼的一面还很强烈。等到时间长了，情况熟了，记路认路已经养成一种习惯了，这苦恼的一面便会慢慢地淡薄下去，慢慢地发现林间的空气是如此的清鲜，还有各种美妙的声音：树叶沙沙，流泉哗哗，鸟雀飞鸣，草虫唧唧，蛙声三声两声。这在清晨是一首晨曲，在月夜是低诉的竖琴。如果你熟悉一百首歌曲，便会有一百个主旋律在林间奏鸣，你随便挑哪个都行。这种演奏十分随便，如果你愿听的话，它可以没完没了地演下去；如果你不愿听的话，立刻满林空寂，只剩下你的脚步和轻微的喘息。大路虽然平坦，但它宜于驰车，不宜于步行，因为它单调。白杨，白杨，前面还是白杨。春夏都是绿色，秋冬一片枯黄。跑了半天好像没有移动多少，从而产生一种急躁的情绪，产生一种并非体力上而是感觉上的疲劳。山林间的道路虽然崎岖，可你走起来总觉得成绩十分显著，一会儿翻过了山坡，一会儿又越过了溪流。杜鹃花开罢以后，桃李又在那里献媚；冬天里什么花也看不见，可那乌桕的脸却涨得鲜红，像火在那里燃烧，像彩霞浮在山腰。于是，眼看着山腰上的彩霞，嘴里又哼起了愉快的歌，这歌声虽然和从前一样，可是经过林木的共鸣与转折，却产生了一种特殊的音响效果。

走林间崎岖的小路虽然有许多妙处，但是人们都不愿意走，我也不愿意走。当我想起为了买一斤盐便得走一整天时，心里就有些犯愁。因为人的功率都体现于速度和效果。走路不是目的，目的是征服距离之后去办成一件什么事。如果有汽车或登山电缆车的话，我还是愿意乘坐，它毕竟能节省时间，增加办事的效果。但我也不再埋怨那林间崎岖的小路，它实在教会了我许多。如今再穿街走巷，横阡竖陌地去寻亲访友，只消走过一次，第二次绝不会茫然无知，至少能减少一些不必要的差误。

1980年1月

得壶记趣

我年轻时信奉一句格言，叫作"玩物丧志"。世界上的格言多如过江之鲫，有人信，有人不信，有人此时信，彼时非，有人专门制造格言叫别人遵守，自己根本就做不到等等，都是有原因的。

我所以信奉"玩物丧志"，是因为那时确实有点志，虽然称不上什么胸怀大志，却也有些意气风发的劲头，想以志降物，遏制对物的欲念。另一个很实际的原因是想玩物也没有可能，一是没有时间，二是没有金钱，玩不起。换句话说，玩是也想玩的，只是怕分散精力和阮囊羞涩而已。事实也是如此，我对字画、古玩、盆景、古典家什、玲珑湖石等等都有兴趣，也有一定的欣赏能力，只是不敢妄图据为己有而已。

想玩而又玩不起，唯一的办法只有看了，即去欣赏别人的、公有的。此种办法很好，既不花钱，又不至于沦为物的奴隶。苏州是个文化古城，历代玩家云集，想看看总是有可能的。

50年代，苏州的人民路、景德路、临顿路上有许多旧书店和旧货店。所谓旧货店是个广义词，即不卖新货的店都叫旧货店。旧货店也分门别类，有卖衣着，有卖家什，更多的是卖旧艺术品的小古董店。有些不能称之为店，只是在大门堂里摆个摊头，是破落的大户人家卖掉那些既不能吃又不能穿的非生活必需品的玩意。此种去处是"淘金"者的乐园，只要你有鉴赏的能力，偶尔可以得宝，捡便宜。

那时我已经写小说了，没命地干，每天都是从清晨写到晚上一两点，往往在收笔之际已闻远处鸡啼，可在午餐之后总得休息一下，饭后捉笔头脑总是昏昏沉沉的。休息也不睡，到街上去逛古董店。每日有一条规定的路线，一家家地逛过去，逛得哪家有点什么东西都很熟悉，甚至看得出哪件东西已被人买去了，哪件东西又是新收购进来的。好东西是不能多看的，眼不见心不动，看着看着就想买一点。但我信奉"玩物丧志"，自有约法三章，如果要买的话，一是偶尔为之，二是要有实用价值，三是不能超过一元钱。

　　小古董店里的东西五花八门，有字画、瓷器、陶器、铜器、锡器、红木小件和古钱币，还有打簧表和破旧的照相机。我的兴趣广泛，样样都看，但对紫砂盆和紫砂茶壶特有兴趣，此种兴趣的养成和已故的作家周瘦鹃先生有关系。很多人都知道，周瘦鹃先生的盆景是海内一绝，举世无双。文人墨客、元帅、总理，到苏州来时都要到周家花园去一次。我也常到周先生家去，多是陪客人去欣赏他的盆景，偶尔也叩门而入，小坐片刻，看看盆景，谈谈文艺。周先生乘身边无人时，便送我一盆小品（人多时送不起），叫我拿回去放在案头，写累了看看绿叶，让眼睛得到调剂。我不敢收，因为周先生的盆景都是珍品，放在我的案头不出一月便会死掉的。周先生说不碍，死掉就死掉，你也不必去多费精力，只是有一点，当盆景死掉以后，可别忘记把紫砂盆还给我。盆景有三要素，即盆、盆架、盆栽，三者之中以好的紫砂盆、古盆最为难求。周先生谈起紫砂盆来滔滔不绝，除掉盆的造型、质地、年代、制作高手之外，还谈到他当年如何在苏州的古董市场上与日本人竞相收购古盆的故事，谈到得意时，便从屏门后面的夹弄里（那儿是存放紫砂盆的小仓库）取出一二精品来让我观摩。谈到紫砂盆，必然语及紫砂壶，我们还曾经到宜兴的丁蜀去过一次，去的目的是想发现古盆，订购新盆，可那时宜兴的紫砂工艺已经凋敝，除掉拎回几只沙锅以外，一无所获。

由于受到周瘦鹃先生的感染，我在逛小古董店的时候，便对紫砂盆和紫砂壶特别注意，似乎也有了一点鉴赏能力。但也只是看看罢了，并无收藏的念头。

有一天，我也记不清是春是夏了，总之是三十三年前的一个中午。饭后，我照例到那些小古董店里去巡视，忽然在一家大门堂内的小摊上，见到一把鱼化龙紫砂茶壶。龙壶是紫砂壶中常见的款式，民间很多，我少年时也在大户人家见过。可这把龙壶十分别致，紫黑而有光泽，造型的线条浑厚有力，精致而不繁琐。壶盖的捏手是祥云一朵，龙头可以伸缩，倒茶时龙嘴里便吐出舌头，有传统的民间乐趣。我忍不住要买了，但仍须按约法三章行事。一是偶尔为之，确实，那一段时间内除掉花两毛钱买了一朵木灵芝以外，其他什么也没有买过。二是有实用价值，平日写作时，总有清茶一杯放在案头，写一气，喝一口，写得入神时往往忘记喝，人不走茶就凉了，如果有一把紫砂茶壶，保温的时间可以长点，冬天捧着茶壶喝，还可以暖暖手。剩下的第三条便是价钱了，一问，果然不超过一元钱，我大概是花八毛钱买下来的。卖壶的人可能也使用了多年，壶内布满了茶垢，我拿回家擦洗一番，泡一壶浓茶放在案头。

这把龙壶随着我度过了漫长的岁月，度过了很多寒冷的冬天，我没有把它当作古董，虽然我也估摸得出它的年龄要比我的祖父还大些。我只是把这龙壶当作忠实的侍者，因为我想喝上几口茶时它总是十分热心的。当我能写的时候，它总是满腹经纶，煞有介事地蹲在我的案头；当我不能写而下放劳动时，它便浑身冰凉，蹲在一口玻璃柜内，成了我女儿的玩具。女儿常要对她的同学献宝，因为那龙头内可以伸出舌头。

"文化大革命"的初期要破"四旧"，我便让龙壶躲藏到堆破烂儿的角落里。全家下放到农村去，我便把它用破棉袄包好，和一些小盆、红木小件等装在一个柳条筐内。这柳条筐随着我来回大江南北，几度搬迁，足足有十二年没有开启，因为筐内都是些过苦日子用不着的东西，农民喝水都是用大碗，哪有用龙壶的？

直到我重新回到苏州，而且等到有了住房的时候，才把柳条筐打开，把我那少得可怜的小玩意拿了出来。红木盆架已经受潮散架了，龙壶却是完好无损，只是有股霉味。我把它洗擦一番，重新注入茶水，冬用夏藏，一如既往。

近十年间，宜兴的紫砂工艺突然蓬勃发展，精品层出，高手林立，许多著名的画家、艺术家都卷了进去。大陆、台湾、香港兴起了一股紫砂热，数千元、数万元的名壶时有所闻，时有所见。我因对紫砂有特殊爱好，便也跟着凑凑热闹，特地做了一只什景橱，把友人赠给和自己买来的紫砂壶放在上面，因为现在没有什么小古董店可逛了，休息时向什景架上看一眼，过过瘾头。

我买壶还是老规矩，前两年不超过十块钱，取其造型而已。收藏紫砂壶的行家见到我那什景架上的茶壶，都有点不屑一顾，实在是没有什么值得称道的。我说我有一把龙壶，可能是清代的，听者也不以为然，因为他们知道我没有什么收藏，连藏书也是寥寥无几。

1990年5月13日晚，不知道是刮的什么风，宜兴紫砂工艺二厂的厂长史俊棠、制壶名家许秀棠等几位紫砂工艺家到我家来做客，我也曾到他们家里拜访过，相互之间熟悉，所以待他们坐定之后便把龙壶拿出来，请他们看看，这把壶到底出自何年何月何人之手，因为壶盖内有印记。他们几位轮流看过之后大为惊异，这是清代制壶名家俞国良的作品。《宜兴陶器图谱》中有记载："俞国良，同治、光绪间人，锡山人，曾为吴大澂造壶，制作精而气格混成，每见大澂壶内有'国良'二字，篆书阳文印，传器有朱泥大壶，色泽鲜妍，造工精雅。"

我的这把壶当然不是朱泥大壶，而是紫黑龙壶。许秀棠解释说，此壶叫作坞灰鱼化龙，烧制时壶内填满砻糠灰，放在烟道口烧制，成功率很低，保存得如此完整，实乃紫砂传器中之上品。史俊棠将壶左看右看，爱不释手，拿出照相机来连连拍下几张照片。

客人们走了以后，我确实高兴了一阵，想不到花了八毛钱竟买下了一件传世珍品，穷书生也有好运气，可入《聊斋志异》。高兴了一阵之后又有点犯愁了，我今后还用不用这把龙壶来饮茶呢，万一在沏茶、倒水、擦洗之际失手打碎这传世的珍品，岂不可惜！忠实的侍者突然成了碰拿不得的千金贵体，这事儿倒也是十分尴尬的。

世间事总是有得有失，玩物虽然不一定丧志，可是你想玩它，它也要玩你；物是人的奴仆，人也是物的奴隶。

1990年5月

绿色的梦

近些年来，梦特别多。没有美梦，没有噩梦，更没有桃色的梦；所有的梦几乎都是些既模糊，又清晰，大都十分遥远的记忆。生活好像是一部漫长的纪录片，白天在录制和放映后半部，晚上却在睡梦中从头放起，好像一个摄影师在检查他那即将摄制完成的样片。

在那纪录片的开头，在那些清晰而遥远的记忆里，天空是蓝色的，大地是绿色的，一片柔和的绿蓝使生命得以舒展。那大地的油绿是青青的麦苗，是柳树的绿叶，是还青的春草，是抽芽的芦苇……那好像是梦，我曾经躺在那铺满春草的田岸上，看那油绿的麦苗在蓝天下闪光，在微风中起浪，听那云雀在云端里唧唧地歌唱。

麦浪，在缭绕的魂梦中经常出现这种绿色的波浪，这种波浪的翻滚能使人感到平和、安静。麦浪不是海浪，没有拍岸的惊涛，没有隆隆的响声，没有海水的咸腥，只有一种细微的沙沙声，大概是麦叶和麦叶相互碰撞。有阵阵野花的香味，却看不见花在什么地方；听得见云雀的叫声，却看不见云雀的身影，她箭也似的从麦垄间直插穹隆，飞鸣欢唱过一阵之后，又箭也似的射入麦浪之间。

人平躺着，眼迷蒙着，和煦的阳光像一条温暖的、无形的被，躺在这绿色的巨床上，是醒着，是睡着，是梦境还是记忆？

那不是梦，那是半个世纪之前，在家乡的田野上几乎看不见村庄，远眺村庄都是些黑压压的林带，十分整齐地排列在绿色的田野上。如果一个村庄上没有树，没有参天的树，而使低矮的房屋裸露在外面，行路的人就会说："那是一个穷地方。"连叫花子都不会进那个村庄。

农民虽然不知道什么叫生态平衡，却知道林木是财富，是财富的象征。穷人家的屋前屋后都没有树，不是早伐了就是当柴烧掉了，所以农民嫁女儿首先要看看男家是否有竹园，是否有大树。小时候，祖母老是要跟我讲一个故事，说我家屋后那棵两个孩子都抱不过来的大叶杨，当年只有孩子的手臂那么粗。那年闹春荒，缺草也缺粮，她拿着斧头去砍那棵小树，砍了两下没有舍得，情愿饿着肚子到芦苇滩里去划草叶。那棵大杨树是我们家的骄傲，是我玩乐的天梯，那树上有无数的知了，有十多个鸟窝，可以捉知了，可以掏鸟窝，可以捡蝉蜕，卖给中药店。

我们的村庄上家家都有很多树，大多种在门前小河的两岸，有些柳树和桃树长大了以后就斜盖在河面上，两岸的树像一条绿色的天篷，沿着村庄逶迤而去，这天篷下的小河就成了儿童们的乐园，特别是男孩子们的乐园，因为男孩子们大都会游水，会爬树，只要好玩，都无所畏惧。农村里没有幼儿园，都是村庄上的大孩子带着小孩子，整天在这种绿色的乐园转悠，摸虾、捉鱼、采果实、掏鸟窝、放野火，说是烧过的野草明年会长得更好、更绿。

每逢暮色苍茫，你可以听见村庄上时不时有三声两声，那声音尖锐、悠长、焦急、慈祥，那是母亲在呼唤孩子，那拖得很长的呼唤声，能把一里路之内的孩子从绿色的天地里召回来，洗脸、吃饭，然后便进入梦乡，那梦当然也是绿色的，能使人没齿难忘。

我家没有竹园，这是我祖父的一大憾事，他当年造老家的草房时只想到前程远大，有一个大晒场，没有想到后步宽宏，种一片竹园。

竹园是个绿色的海洋，而且是不管春夏秋冬都是绿色的，即使严冬积雪，那绿色的枝条也会弹起来，露在皑皑的白雪上面。

我家虽然没有竹园，可我就读的私塾却在大片竹园的旁边，那个村庄上家家户户有竹园，一家一家连成片，绵延二三里。读私塾是很寂寞的，整天坐在长板凳上摇头晃脑，念书、写字，动弹不得。没有上课下课，没有体育游戏，只能是两耳不闻窗外事，一心只读圣贤书。八九十来岁的顽童难以做到这一点，便以上茅厕为借口，跑到竹园里去，每次去两三个人，大家轮流，不被老师发现。其实老师也知道，只是睁只眼闭只眼罢了。

竹园是小小蒙童的迪士尼乐园。迪士尼乐园是大人们造好了给孩子们看，给孩子们玩的，竹园却是大自然给孩子们的恩赐，让孩子们自己动手，自己去寻找游乐的天地。那竹园的地下有蟋蟀，有刺猬，有冬眠的青蛇，有即将出土的蝉蛹。一场春雨之后会有蘑菇出现，只是当春笋出土的时候在竹园里走路得当心点。那竹园的上面有竹叶蜻蜓在枝叶间穿梭飞舞，有拖着长尾巴的大粉蝶，还有那种通身墨黑闪耀着金色花纹的大蝴蝶，那种蝴蝶一个人生平难遇几回。

竹园里的游戏也可以有声有色，可以在里面打仗，可以制造武器。用细竹和野藤制成的弓箭，能把栖歇在高枝上的老鹰射得羽毛乱飞。可以用竹制成机关枪，摇起来照样咯咯地响。还能够制造小手枪，用豌豆做子弹也能射出三四丈。竹园还能变成运动场，可以爬高，可以荡秋千，可以玩单杠，只需砍下几根竹，用野藤横缚在两根粗壮的竹头上。

最有趣的是夏天，教室里闷热，老师也热得受不了，同意学生们把课桌搬到竹园里去学习。十几个蒙童散坐在幽篁里，有的玩耍，有的和老师一起打瞌睡，有的用野藤做吊床。躺在那种悠悠荡荡的吊床上，很快便能熟睡，直到大风吹动竹叶，发出松涛、海涛似的响声，才能把你惊醒，暴风雨来了！

绿色的梦又悄悄地来到枕边，带来了麦叶的响声，带来了野花的香气，似乎还有竹涛的沙沙，还有云雀的唧唧……突然间一阵轰鸣，好像天崩地裂！一辆装着钢筋的大卡车急驰而过，把好梦惊醒，那模仿虫叫的电子钟正报早晨六点。

这也是一种天地，是城市的天地，在这个天地里长大的孩子，他们将来的梦可能是灰色的、白色的、五颜六色的，不是绿色的。可在所有的颜色之中，绿色最具有生命力。

1992 年 2 月

与友人谈快乐

　　你说我过得很快活，我承认，从某种角度来看，在同辈人中我算是活得比较快活的一个。但我想把"快活"二字改一改，改成"自在"，就是说活得还比较自在。自在的含义就是自然、自觉、自足、自我放气……最后的这一点虽有打油之意，但却是十分重要的。年轻时样样事都憋着一口气，那有好处，是想干点儿事业的。所谓志气是把志和气混合在一起的，如果有志而无气，那就缺少弹跳力，只能沉湎于空想之中。

　　随着年龄的增长，憋着的气越来越多，弹跳力越来越小，能干的事越来越少，这就造成进气多，出气少，如不及时放气，那是要爆炸的！有许多人活得不快活，不自在，我看就是憋的气太多，当年不堪回首，还有壮志未酬……

壮志未酬身先死，那是人生的悲剧。我看，我们这些人可以算是壮志已酬了，而且还没有死，何等的快活！你想使中国富强，你想改善人民生活，你想使你的儿孙不再受苦等等，这些都已经实现，或正在实现。当然，所谓改善生活，不使儿孙受苦等等都是有高低，有差别，没有底。如果在没有底的海洋里硬是要去海底捞月，那就除了憋气之外再也没有出路。人和人是不能比的，你愤愤不平的时候可以说，他是个什么东西！他愤愤不平的时候也可以说，你是个什么东西！人只能是知足常乐，但也不必能忍自安。因为忍是一把刀插在心上，有时产生剧痛，有时隐隐作痛，样样事情都忍在心里是要生癌症的。最好的办法是先知足，后放气，先忍着，后忘记。

你不要那么天真，不要以为活得快活的人就像鸟儿在天空飞翔，像鱼儿在水底嬉戏。其实，所谓的快乐大部分是一种自我的感觉，而且是一种事后的感觉。一件事情过去了以后，你把当时的烦恼、痛苦、屈辱、羞愧、灰心、疲惫等等全部忘记了，剩下的都是可以吹嘘、可以夸耀、可以使你快乐也可以使人快乐的劫后余灰。

你也曾体验过成功的喜悦，想想那成功的过程都是一连串的痛苦，如果你只记得痛苦，那就感觉不到喜悦。不信，你试试。人生不如意者常八九，你哪一天快乐过？

现在有很多人在练气功，我不知道有没有什么特殊的气功，能练得让那股子气憋得住也散得快，能够吹着口哨去打拳击，打胜了快活快活，打不胜，拜拜，下次再来。

祝你快乐！

你的忠实的朋友陆文夫

1992年5月19日

清高与名利

中国的文人好像都轻名利，或者说是心里并不轻视，口头上却是轻视的。陶渊明不为五斗米而折腰，有骨气！为了不低声下气，连工资也不要了。

李白却是另一种表现，钱嘛，有什么了不起，花光拉倒。"天生我材必有用，千金散尽还复来。""五花马，千金裘，呼儿将出换美酒，与尔同销万古愁。"

我受李白的影响最深，从青年时代起就不把钱放在心上，虽然不当阔佬，却也从不吝啬。后来有了工资，又拿到稿费，更是不把钱放在眼里。"天生我材必有用，千金散尽还复来。"李白教导我们说。

其后躬逢反右派和"文化大革命"，工资降级，稿费全无，孩子长大，负担增加，下放劳动，夜卧孤村时想想就有点后悔，觉得上了李白的当。"天生我材没有用，千金散尽不复来"啊！早知道应该多存点钱。你怎么能跟李白相比呢？李白有五花马、千金裘，你只有自行车和棉大衣。昔日的清高者曾想腰缠十万贯，骑鹤下扬州。按照现在的市价折算，他是带了十万美金，乘飞机去了美国的夏威夷，你呢？陶渊明不为五斗米而折腰，可他家田里的收成恐怕绝不止五斗米。他可以"采菊东篱下，悠然见南山"，日子过得还是挺悠闲的。即使茅屋为秋风所破的杜工部，他的穷也只是暂时的，他后来在成都营造的草堂，虽然不像现在那么好，看起来总比当年的平民要好得多，比现在的差不多的文化人也要好上几倍。由此观之，那些崇尚清高的人倒也颇有点经济实力，如果他连饭都吃不上的话，清高恐怕就困难了一点。

说白了，自命清高的人往往也是出于不得已，因为相对的贫困，也只能以清高来聊以自慰；因为还没有穷得叮当响，所以还能清高几天。清高者的追求是穷而不移其志，其所以安于清贫是不愿移其志也，一旦碰到那种可以不移其志，又可以获取名利的机会那也是抓紧不放的。我很少见到哪一位文化人是对名利毫无兴趣的，有的只是曾经沧海难为水，在大海里扑腾了多年，而今耄耋老矣，想坐在沙滩上休息休息。古代有许多隐士，似乎远避名利，其实这也是一种手段，因隐居而成名，因成名而出仕，隐士隐仕，因隐而仕也，这和学而优则仕如出一辙。诸葛亮高卧隆中，那是随时随地准备出山的，要不然的话，他又何必花那么多的精力来通晓天下大事呢？所以要刘备三顾茅庐，一方面是搭搭架子，一方面是对成败得失一时间拿不定主意。姜子牙最最危险，一直隐到了八十岁才遇文王，差点儿就要隐到底。所以说，当隐士也得担点儿风险，有人终生不仕，但也有人流芳百世。失败的人当然有啰，历史都不记载了，现在所知道的隐士都是隐出了一点名堂来的。

我觉得中国知识分子心目中的所谓轻名利，实际上是一种理想主义，是希望这个世界上的人不要去争名夺利，不要因名利而纷争不息。这是儒家的一种基本观念，君子何必曰利，亦有仁义而已。这种思想到了解放以后更有发展，不停地斗私批修，就是不许曰利，斗到后来私也未除，修也未了，剩下的就是斗，你斗我，我斗你，斗得大家都奄奄一息。

如此说来所谓的清高都是虚伪的，都只不过是一种变相的获取名利的手段而已。这也不能一概而论，有人是一种变相的手段，有人是一种理想，是一种追求，是自我对名利的一种制约。因为名利是个无穷大，是没有极限的，疯狂的追求会带来人类的灾难和自身的毁灭。人对名利、权威、占有等等的追求是以等加速前进的，设若没有自身和外界的制约，必然是以爆炸而终结。轻者把自己炸为尘灰，重者造成战乱，祸国殃民。清高实际上是主张人对物的有限的占有，是想让人做物的主人而不是做物的奴隶；是以精神的追求为首，作为身内，以物质的追求为次，作为身外。清高者并非不食人间烟火，但也不那么汲汲乎名利与权威。

如果把清高当作一种理想，当作一种对待生活的态度，那么，清高也并非文人所特有，从政者有，经商者有，工人有，农民也有。中国的某些文人有个极坏的习惯，即认为只有自己才是最了不起，"万般皆下品，唯有读书高"。高在哪里呢？"书中自有黄金屋，书中自有颜如玉。"那还不是赤裸裸的，和炒房地产、养"金丝鸟"也没有什么区别。

有一些企业家，特别是那些正派的企业家，他们也是很清高的。他们赚钱不仅是为了自己的生活，而且是为了实现某种理想，完成某种事业。追求利润，讲究效益是一种事业心的表现。他们信奉"赚钱是一种责任"。钱赚得多，事业搞得很成功，那是一个人尽责的表现。正派的企业家并非日日灯红酒绿，奢侈靡费。我接触过几位亿万富翁，他们的生活都很俭朴，他们信奉"赚钱是一种责任，奢侈是一种罪过"。

1993 年 7 月 23 日

脚步声

我走过湖畔山林间的小路，山林中和小路上只有我；林鸟尚未归巢，松涛也因无风而暂时息怒……突然间听到自己的身后有脚步声，这声音不紧不慢，亦步亦趋，紧紧地跟随着我。我暗自吃惊，害怕在荒无人烟的丛林间碰上了剪径。回过头来一看：什么也没有，那声音原来就是自己的脚步声。

照理不应该被自己的脚步声吓住，因为在少年时我就在黑暗无人的旷野间听到过此种脚步声。那时我住在江边的一个水陆码头上，那里没有学校，只有二里路外的村庄上有一位塾师在那里教馆，我只能去那里读书。那位塾师要求学生们苦读，即使不头悬梁，锥刺股，也要"闻鸡起舞"，所谓闻鸡起舞就是在鸡鸣时分赶到学塾里去读早书。农村里没有钟，全靠鸡报时。雄鸡一唱天下并不大白，鸡叫头遍时只是曙色萌动，到天下大白还有一段黎明前的黑暗。我在这黑暗中向两华里之外的学塾走去，周围寂静无声，却听到身后有沙沙的脚步声，好像是谁尾随着我，回头看时却又什么也没有。那时以为是鬼，吓得向前飞奔，无论你奔得多快，那声音总是紧紧相随，你快它也快，你停它也停。奔到学塾里上气不接下气地告诉塾师，塾师睡在床上教导我说："你不要怕鬼，鬼不伤害读书人。你倒是要当心人，坏人会来剥你的衣裳，抢你的钱。"

老师的教导我终身不忘，多少年来我在黑暗的旷野中行走时从来不怕鬼，只怕人，怕人在暗地里给你一拳，或者是背后捅你一刀。不过，这种担心近年来也淡忘了，因为近年来我很少在黑暗的旷野中行走，也很少听到自己的脚步声。

是的，我听不到自己的脚步声已有多年了，多年来在繁华的城市里可以听到各种各样奇妙的声响：有慷慨陈词，有喊喊私语，有无病的呻吟，也有无声的哭泣；有舞厅里重低音的轰鸣，也有警车呼啸着穿城而过……喧嚣，轰鸣，什么声音都有，谁还能听到自己的脚步声？

要想听到自己的脚步声，好像必须是在寂寞的时候，在孤苦的时候，在泥泞中跋涉或是穿过荒郊与空林的时候，这时候你才能清晰地听到自己的脚步声：那么沉重，那么迟疑，那么拖沓而又疲惫；踟蹰不前时你空有叹息，无故狂奔后又不停地喘息。那种脚步声能够清楚地告诉你，你在何处，你是从哪里来，又欲走向何处。那脚步声还会清楚地告诉你，它永远也不可能把你送到你心中的目的地。

在都市的喧嚣声中，凡夫俗子们不可能听到自己的脚步声，你一出门，甚至不出门便可听到整个的世界有一种嗡嗡的轰鸣，分不清是哭是笑是哽咽，分不清是争吵不休还是举杯共饮，分不清是胡言乱语还是壮志凌云，分不清那事物到底是假是真，分不清来者是哪个星球上的人。弄到最后你自己也分不清自己了，人人都好像不是用自己的脚在走路，而是被一种看不见的力量在往前推。很难听见自己的脚步声了，只听得耳边价呼呼风响，眼面前车轮滚滚，你不知道是在何处，忘记了是从哪里来，又到哪里去。行动就是一切。

偶尔回到空寂的林间来了，又听到了自己的脚步声。听到这种声音的时候，似乎觉得有一股和煦的风，一股清冽的水穿过了心头。好像又回到了青少年时代，好像又回到了孤寂的时候。仔细听听，还是那从前的脚步声，悠闲而有些自信，只是声音变得更加轻微，还有疲惫之意。是的，我从乡间走来，迈过泥泞的沼泽，走过碧野千里，那脚步当然会失去了原有的弹跳力。可它还是存在着，还是和我紧紧相随，有这一点也就聊以自慰。我不希望那脚步会把我送到我心中的目的地，那个目的地是永远也不会到达的，如果我能到达的话，后来者又何必去跋涉？

心中的目标虽然难以达到，脚步却也没有白费，每走一步都是有收获的。痛苦是一种收获，艰难是一种收获，哭泣也是一种必不可少的体验，要不然你怎么会知道欢乐、顺利和仰天大笑是什么滋味？能走总是美好的。我不敢多走了，在湖边的岩石上坐下来，想留下前面的路慢慢地走，不必那么急匆匆地一下子就走完。

太阳从不担心明天的路，一下子便走到了水天相接处，依偎在一座青山的旁边。我向湖中一看，突然看见有一条金色的光带铺在平静的湖水上，从日边一直铺到我面前，铺到我脚下的岩石边，像一条宽阔的金光大道，只要我一抬脚，就可以沿着这条金光大道一直走到日边，走到天的尽头，看起来路途也不遥远，走起来也十分方便。这种景象我见过多次了，它是一种诱惑，一种人生的畅想曲，好像生活的路就是一条金色的路，跃身而下就可以走到天的尽头，走到你心中设想的目的地。可你别忙，你只须呆呆地在岩石上多坐片刻，坐到太阳下沉之后，剩下的就只有一片白茫茫的湖水，你没有金光大道可走，还得靠那沉重的脚步老老实实地挪向前。

1994 年 5 月 10 日

秋钓江南

每逢秋高气爽时，便会想起那垂钓的乐趣。那几年下放在工厂里劳动，境遇不好，身体很好，暂且把过去忘却，倒也有不少的快乐，其中的一乐便是和几位老师傅去钓鱼。

那时候，出去钓鱼是一件大事，就和现在出国是差不多的，几天前就要开始准备。鱼饵、渔具，吃的、喝的，草帽、雨衣，还有可以折叠的小板凳等等，样样都得备齐，全部都绑在一辆打足了气的自行车上面。

三点钟出门，街巷昏暗，阒无一人，车行如飞，到了城门口时，黑暗中便有几辆自行车尾随而来。放心，这不是歹徒，是钓友，早就约好了的。钓鱼最好是有二三人同行，一来是不会寂寞，二来是有个照应，三是相互帮助。

一次，一位钓友钓上了一条十八斤重的大青鱼，他挺着钓竿和那鱼搏斗了一个多小时。鱼没有力气了，肚皮朝天；人也没有力气了，躺在河岸下面。最后还是两位钓友跳下河去，把鱼捧了上来。

钓友们在途中都不讲话，省下力气蹬自行车，要在天蒙蒙亮时到达目的地。那目的地经常是姑苏城外的河网地区，离城至少三四十里，那里从未有人去钓过。经常被钓的鱼会学乖，不易上钩，不像未被钓过的鱼那么傻乎乎的。

我们到达目的地时，大体上都是正逢日出，河面上、湖面上飘浮着阵阵水汽，那情趣和到海边看日出是一样的。当然，我们摸黑出门绝不是为了看日出，而是想争取时间。有些鱼，特别是我们最欢喜的鲫鱼，它们进食的时间大体上是早晨六点到十一点，下午要到两点钟之后，好像也有午休似的。四五点以后鱼有个进食的高潮，它们要把肚子填饱了过夜，很容易上钩。可是我们也不能恋战，必须在四五点钟时收竿，赶回城里，钓鱼是只能起早，不能带晚的。

在野外垂钓和在养鱼塘里钓鱼是大不相同的，硬是要有研究，要积累经验。首先要看准什么地方，什么时候，什么季节，什么天气是有鱼可钓的。水清则无鱼，一眼看到底的河，非常美丽，想钓鱼可别去白费力气。河底的水草太多也不行，你的钩子会搁在水草上，沉不到底，大多数的鱼都是在水底觅食的。在一条陌生的河流上，你想垂钓首先得相天时，度地利。天气较凉时，早晨要在向阳面下钩，那里暖和，鱼多。天气较热时，要在背阴处下钩，那里凉快。光秃秃的大河边或湖面上，都不是垂钓的好地方，那里的鱼都是过客，不大停留。最好是大河边的拐弯处，草丛边，如果在大湖边有一条弯进来的小河浜，绝沟头，那是垂钓的理想之地，鱼在大湖中颠簸动荡，便到小河浜里来休息，来觅食，进来了就不大肯出去，这种地方往往是鱼儿的聚会之地。

天气对垂钓也是决定性的，如果天气闷热，鱼儿在水面上唼喋，你别以为这是鱼多，马上下钩。不对，这是气压低的表现，鱼儿在水中呼吸不畅，要到水面上来透气。这时候的鱼就像高山缺氧，胸闷难受，什么东西也不想吃，再好的鱼饵也引不起它的兴趣。碰到这种天气你就倒霉了，只有收起鱼竿回家，或是耐心地等待一阵雷雨之后。下雨，或是雨后初晴时，倒也是垂钓的好机会……

钓鱼是一门学问。大概是在三四十年代，苏州沧浪美专有一位教授，常在沧浪亭边钓鱼。沧浪亭曾是那位写《浮生六记》的三白的泛舟之处，沈三白当年只知道浪游记快，却没有想到钓鱼，其实，沧浪亭的池塘中有很多鲫鱼。

苏州美专的那位教授天天钓鱼，钓出经验来了便写了一本书，叫《钓鲫术》。"文化大革命"中红卫兵从谁家抄出了这本书，传给了我的钓友，我的钓友又传给了我，对我的钓鱼生涯很有帮助。

钓鱼和捕鱼不同，不是强取，而是诱惑，即所谓的愿者上钩。鱼在河里觅食、嬉戏，是漫无目标的，你必须用诱饵来引诱它，让它向你的鱼钩靠拢，这叫"打塘子"。诱人也要"打塘子"。诱人用的是权位、金钱和美女。诱鱼用的诱饵也很考究，通常是用菜籽饼，或是把米、麦、大豆炒焦，舂碎，再把炒熟的芝麻碾碎后加在里面，使其有香味。把此种诱料用塘子罐头送入水底，然后，你就在这塘子里下钩，不能偏离。鱼是有嗅觉的，它老远就闻到香味，就馋涎欲滴，就纷纷向你的鱼钩靠拢，就有很大的可能来吞食你那钩上的鱼饵。钩子上的鱼饵是一种红色的小蚯蚓。诱饵是五谷杂粮，是素的；鱼饵是红色的小蚯蚓，是荤的。鱼吃东西也是欢喜荤素搭配，何况那红色的小蚯蚓也是有色有味。不过，这也不是绝对的，有时候，鱼是只吃素，不吃荤，好像是佛教徒的斋日，这时候你得另换鱼饵了，用白色的小面粉团装在钩尖，沉入水底。

鱼到塘子里来吞食诱饵，也和人接受贿赂是一样的，他们都以为是在水下，别人看不见。错了，任何事情总是有进有出，水下有动作，水面总是有反应的。鱼在水中架空着游泳，一见河底有食物便下沉，鱼下沉需要排气，就会有气泡冒出水面。这时候钓者就会知道：有鱼来了！鱼在吞食鱼饵时，吃进一点食物便要排出一点空气，这时候钓者就会知道塘子里有几条鱼，有几条什么样的鱼，因为各种鱼的排气状态都不同，鲫鱼排出来的气泡是成双，而且要在水面停留一会儿。一出水就炸裂的气泡是沼气，有沼气的地方你别钓了，鱼是不会来的。

钓鱼的人把鱼的规律研究得十分透彻，千方百计地要引鱼上钩，其目的是想得到鱼，想吃鱼。可是钓鱼的人又说："吃鱼没有取鱼乐。"这话倒也是真的，吃鱼的时候总是没有钓鱼的时候那份悠闲自在，那样忘我，那种专注、兴奋和突然而来的强刺激！一条大鱼脱钩了，又是那么的痛苦、懊恼和后悔。人们把钓鱼作为体育运动是有道理的，不过，这种体育运动不是通常的那种体力的运动，更主要的是一种神经的运动，是锻炼一个人能经得起大起大落，大喜大悲，突然而来的兴奋、颤抖、狂乱、大喜！然后又是无穷无尽的等待，却又不能把目光从浮漂上离开，只能在浮漂的近处看看水中的蓝天。久经此种锻炼，人便能应付世界上各种巨变，可以荣辱不惊，可以于无声处听惊雷，可以把希望寄于无望之中，可以在无望中见到一点春的消息……

《儒林外史》里面的范进肯定是不会钓鱼的，所以他中了举人之后便发了疯。姜子牙可是个钓鱼的专家，他在渭水之滨钓到八十岁，耐心地等待圣明天子来访贤。果然被文王发现了，可他没有高兴得像发了疯似的。

衷心地感谢鱼，它不仅养活了我们的祖先，还锻炼了我们如何去对待得与失，喜与悲，升与降，贵与贱。当今世界以高速旋转，到处充满了大起大落，大喜大悲，这时候，钓鱼运动倒是可以提倡的。

1994 年 10 月 15 日

安　居

　　我年轻时对住房的大小好坏几乎是没有注意，大丈夫志在千里，一席之地足矣，何必斤斤计较几个平方米？及至生儿育女，业余创作，才知道这居房的大小好坏可是个厉害的东西！

　　50年代一家四口，住了大小两个房间，二十多个平方米，这在当年也不算是最挤的。可那房间只有西北两面有窗户，朝东朝南都是遮得严严实实的，冬日不见阳光，西北风却能从窗缝里钻进来，那呼呼的尖叫声听了使人心都发抖。晚上伏案写作，没有火炉，更没有暖气，双脚和左手都生了冻疮，只有右手不生冻疮，因为右手写字，不停地动弹，这也和拉黄包车的人一样，拉车的人脚上是不会生冻疮的。当然，防寒还是有些办法的，后来我曾经生过炭火盆，差点儿把地板烧个洞；后来又用一个草焐窠，窠里放一只汤婆子，再盖上棉花，双脚放在棉花上，再用旧棉衣把四面塞严。寒打脚上起，只要脚不冷，心就不颤抖，那炮制出来的小说也就有点儿热情洋溢。

一到夏天就难了，西晒的太阳是无情的，它把房间晒得像个刚出完砖头的土窑，一进门便是热浪扑面；夜晚的凉风吹不进，到清晨刚有点凉意，那一轮火红的太阳又从东方升起！再加上三年困难之后自家举炊，一个煤球炉子就在房门口，二十四小时在不停地加热，热得孩子们都是睡在汗水里，热得我也无法炮制小说了，因为热会使人心烦意乱，手腕上的汗水会把稿纸湿透，炮制出来的小说不美……我深深地体会到了作家和房子的关系。

80年代我在国内跑来跑去，和我的同时代的同行们相会时，一个个都在为住房的问题而叫苦不迭，他们的书桌都在床头边，原稿和书籍是塞在床底下的。作家作家，他是坐在家里作的，坐在宾馆里作终非长久之计，还得有单位愿意为你付房钱，你一天作出来的几页纸，值不值那点儿钱？所以那年头我和朋友们相见时都要问一句："你的房子解决了没有？"

那一年中国作家协会的主席团开会，讨论作家如何评级。我开始时坚决反对，我觉得作家评级有点儿滑稽，伟大的作家和不大的作家怎么能都评一级？二级作家的作品也许比一级作家写得更好点；他今天是三级作家，明天出了一部作品很伟大，你作家协会能不能及时地加以调整呢？后来有一位年轻的作家对我提意见了："老陆，你不能反对，作家如果没有职称的话，他就分不到房子，涨不了工资，你也得为我们考虑考虑。"

我闻此言如雷贯耳，对对，作家要评级，一定要评级，工资还是小事，他们有稿费，这房子可是真家伙，没有级别是分不到的。作家虽说是人类灵魂的工程师，可他又没有工程师的职称；说是可以相当于教授或副教授，高教部却又不承认这一点。不是教授不是工程师，没有职称和级别，你叫人家分给你什么样的房子呢？记得有一年，我的一位老友去为我争取住房，那位管房子的领导问道："他是什么级别？"我那位老友有点支支吾吾："他……他是作家，需要一间书房。""我们只管住房，不管书房，是作家去找作家协会。"我的天，作家协会的和尚自己还没有禅房呐，哪里能顾得上你们这些挂单的。好好，我举双手赞成作家都要评级，而且要尽可能评得高一点，评个一级相当于高级工程师，也许能分到三室一厅，一室做书房，一室给孩子，还有一室住你们患难夫妻，也尝尝这苦尽甘来的甜蜜味。

　　忽忽又过了十多年，我还在国内跑来跑去，同行们见了面时，再也听不到"房子问题解决了没有"，倒是常听到"你来玩，就住在我家里"。能说"住在我家里"，那可了不起！这句话我以前只听到外国作家对我说过，听到之后羡慕不已，感慨万千，因为能说这句话的人，绝不是那种把书籍和原稿都塞在床底下的。如今却也有中国作家能说这句话了，而且还不是个别的人，据我所知，凡是有了级别的作家目前都已经有了房子，少数人的情况有些特殊，但也在解决之中。所谓的解决也是提高的问题。再也听不到有谁还是把书籍塞在床底下了，书籍也分到了"房子"，都上了架子，进了柜子。有些人家的房子还令人刮目相看，简直够得上"豪华"二字。那无房的痛苦和有房的激动好像都已经过去了，记得有些人在初分到房子的时候反而写不出文章来，老是惦记着那楼梯上还要装一盏壁灯，那墙纸是用黄的还是绿的……那……那个穿尖跟皮鞋的女人又来了，柳桉地板要被她踩出麻子来的！这正应了当年农村里的一句老话，叫穷人发财如受罪。当年还有人因此而得出结论，说是作家们还是没有房子的好，许多人都是在艰难困苦之中才写出不朽之作来的，叫"文穷而后工"。文穷而后工恐怕不是说文人要穷得叮当响才能写出好文章来吧，中国字一字多义，穷有探索、追求、推敲、彻底之意，不完全是指贫穷而言。如果作家们都要穷得家徒四壁，穷得无立锥之地才能写得出好文章来，那还有谁愿意来干这种痛苦的事业？我们的前辈作家们虽穷，可是他们的故居还是可以供人瞻仰的。

如今我还在国内跑来跑去，怪了，我发现那些过去被我认为是住得较好，被人羡慕的人家，相比之下倒又显得寒碜而逼仄，真是老的不如少的，先来的不如后到的。我想，这也很自然，没有什么可以造成心里不平衡的，如果是一代不如一代的话，那就说明上一代的人出了什么差错，或者是吃干饭的。不过，有时候也有些恍惚，如今坐在明亮的、宽敞的、有着吧台的客厅里闲聊时，老是要纠缠着什么现代主义、后现代主义，想当年在奔走呼号解决房子问题时，谈论的倒都是现实主义……

1997年2月23日

111

得到的和失去的

偶尔去闲逛商场，并不是想买什么，而是想见见世面，因为现在的商场一个比一个巨大，一个比一个豪华，不去看看也就少了点体验。看着看着就觉得应该买点儿什么了，否则的话就白白地享受了人家的灯光、空调和自动扶梯。买什么呢……买双鞋吧，脚上的一双皮鞋已经穿了七八年，它忍辱负重的时间够长的了，也该让它到该去的地方去。

自动扶梯把我送到了三楼，三楼是卖鞋的。

上得三楼一看，愣了，那卖鞋的铺面足有一个篮球场那么大，鞋的陈列是从平面到立体，从女鞋到男鞋，童鞋还另有专柜。我站在这个鞋的海洋前眼花缭乱，无从下手，再加上那营业员的态度特好，你刚在鞋柜前一迟疑，她就笑容可掬地站在你的面前："老先生，你看这双……"

老先生多年来都是看惯了营业员的爱理不睬，看惯了倒也习以为常，突然受到如此的关照倒反而有点不好意思，吓得不敢在鞋柜前停留。算了吧，脚上的这双鞋也没有坏，买不买都可以，世界上有这么多的鞋，要买时可以随手拈来，何必着急。

我在鞋的海洋里徜徉着，对周围的鞋并不介意，倒是勾起了这半个世纪来对鞋的许多记忆。想当年每得到一双鞋都不容易，都是那么的激动、满足，万分珍惜。几乎是每一双鞋都有一段故事、一番情意，都留下了一番辛酸和难忘的记忆，那不仅仅是鞋，实在是生命的形迹。

小时候从梦中醒来时，往往看见母亲在昏暗的灯光下纳鞋底，那细长微弱的拉线声充满了温馨，轻轻地催眠。那时候，如果能穿上一双新鞋，那就等于过节，连走路都有些轻飘飘的，把新鞋当宝贝。我至今还记得，那是一个夏天的早晨，我到镇上的姑妈家去。乡村里的路都是芳草小径，早晨的小草上挂满了露水，穿着新布鞋走路，等于是穿着新鞋去蹚水，罪过。于是我便脱下鞋来拿在手里，不怕戳痛脚，也不怕划破皮，赤脚走到街头的石板路上，然后再到石码头上去洗脚，穿上新鞋。脚划破了无所谓，明天就会长好的，母亲做一双新鞋却要几十个夜晚不能入睡。

等我读到小学五年级时，母亲的眼睛已经看不大清楚了，那鞋都是我的姐姐和表姐们替我做的。学校离家很远，每个学期只能回家一两次，所以每年开学的时候都要带五六双甚至七八双布鞋到学校里去。姐姐知道我的脚长得很快，怕我穿小鞋，所以那鞋的尺寸是一双比一双大一点。她没有想到我在学校里欢喜踢足球，还要做一种叫作"打监"的游戏，那游戏是在操场上不停地奔跑，学校的操场都是沙砾，布鞋的鞋底哪经得起如此的打磨呢！特别是踢足球，嘭的一个高球，鞋口裂了，只好去找老皮匠，在鞋口上补块皮，在鞋底上打个掌。即使如此，也不能按照姐姐的设想，由小到大地去穿鞋，我不得不穿大鞋了。穿大鞋也不舒服，那鞋不肯跟脚走，只好用小麻绳绑在脚上，"打监"和踢足球就不方便了，嘭的一个高球，鞋与足球齐飞！

读高中时到苏州来了，我是穿着蓝布长衫和黑布鞋来的。那时候的同学有的是西装革履，有些也穿长衫，但往往都在长衫的里面穿一条笔挺的西装裤和一双擦得锃亮的皮鞋。我禁不住那种物质的诱惑，总觉得穿布鞋的人要比穿皮鞋的人矮了一截，要买皮鞋！

我带着所有的钱，跑遍了平时曾经留意过的皮鞋店。

这是一种屈辱的购物经历，因为口袋里的钱和鞋价很难统一。那时候的售货员也把顾客当作上帝，可是他们的目光犀利，能从你的衣着和气派中看出你的钱包的大小，钱包大的人才是上帝，否则的话，你和他一样，大家都是上帝的奴隶。不过，钱包小的人也有去处，最后在一家关门拍卖、削价处理的小店里买了一双淡黄色的方头皮鞋。这是我生平第一次穿皮鞋，但那滋味并不好受，留下了一种受侮辱、受损害的记忆。

后来到了解放区，这才又感到了鞋的可亲与可贵。解放区的妇女支前主要是做军鞋，用鞋来表达她们对战士的关怀、祝福与敬意。妻子送郎上战场，小妹送哥参军去，没有一个不送鞋的。战士们从村庄上走过时，妇女们站在大路边，看见哪个战士的背包上没有鞋，便立即把一双新鞋塞到战士的手里，如果你不肯接受的话，她会跟着你走一二里。我们这些刚从蒋管区来的小知识分子，看了都感动得流泪，决心要为劳苦大众去浴血奋斗。在那长长的行军的行列里，你可以看见每个战士的背包带里都扎着一两双布鞋，有的鞋简直是艺术品，鞋底上还绣着许多花纹，你可以从这些花纹上看出人民的深情与祝福，不眠之夜，千针万线，一针一个祝福，盼望亲人平安地归来。有许多关于军鞋的故事至今听起来还会令人落泪……

我还在鞋的海洋里徜徉着，不是在寻找我所要的鞋，而是在寻找那些失去了的情结。商场里的鞋琳琅满目，万万千千，可有哪一双是慈母手中的线，是亲人心中的爱，是人民的祝福，是战士的眼泪？现在要得到一双鞋是十分容易了，可那失去的却永远也找不回来。

1997年8月9日

生命的留痕

　　一座半圮的石桥，一幢临河的危楼，一所破败的古宅，一条铺着石板的小街，一架伸入河中的石级……这些史无记载的陈迹，这些古老岁月漫不经心的洒落，如今都成了摄影家们的猎物，成了旅游者的追逐之地。那些旧时代的老照片，也成了书店的卖点。人们在走向现代化的时候，为什么又回过头来重温那逝去的岁月？

　　曾几何时，我们向往过西方的大桥、汽车的洪流、摩天高楼、乡间的别墅和那如茵的草地，我们把石桥、危楼、古宅、石级视为贫穷与落后。如今，在国内的某些大城市和开发区，与西方的距离正在缩短，一样的高楼林立，汽车奔流，一望无际；那些新建的公寓楼、小别墅，明亮宽敞，设备齐全，冷热任意调节，真有点儿不知今夕是何夕。

提前进入或超过了小康的人哪，尽情地享用吧，这一切多么的来之不易！可又不知道为什么，他们在得到的同时却又感觉到失去了什么，而且越来越怀念那已经失去的、难以捉摸的一切。他们不把高楼大厦放在眼里了，对那些水泥的森林再也不感到有什么新奇，甚至把大街上汽车的洪流视为洪水。旅游业兴起来了，人们花了钱去重温旧梦，去寻找石桥、古宅、危楼与石级，寻找那些"贫穷与落后"。人啊人，你到底想要什么呢？

人们什么都想要，最想要而又最不可得的是韶华永驻，生命长存。现代化的高效、高速、高产，使人们感到生命也在高速地旋转，像轻烟，似云团，被社会流行的风尚弄得动荡不定，四处飘浮，好像什么地方都去过了，却也好像什么地方都不曾停留。

你走过的桥太多了，汽车驶上了水网地区的高速公路，风驰电掣，无数的桥在车轮下滚过，你感到了吗，你记住了吗，有哪一顶桥能在你的记忆中停留？是的，你知道那些现代化的桥，铁路桥、公路桥、斜拉桥、立交桥，所有的桥都似乎离你很近，也离你很远。

可你还记得村头上的那顶石桥吗，那桥栏的条石已经沉入河底，那桥头的石板已经陷落，涨水时要先涉水，后上桥，然后才能到达彼岸。每天上学的时候你都痴等在桥头，等着她像蝴蝶扑在你的肩上，然后轻轻地把她背上桥去……那是属于你的桥，你那萌动的青春永远停留在那里。诗人陆游在将就稽山土的时候，还忘不了沈园的那顶石桥，"伤心桥下春波绿，曾是惊鸿照影来"。

危楼，你看见那危楼的长窗了吗？那不是窗户，是岁月的屏幕，你也许曾经看见过一部人生的悲喜剧在那里上演，至今回想起来还是不胜唏嘘。你也许什么也没有看见过，可你读过那首诗："闺中少妇不知愁，春日凝妆上翠楼。忽见陌头杨柳色，悔教夫婿觅封侯。"在你的想象里那昔日的翠楼就是眼下的危楼了。你也许会在窗下徘徊，想领略一下那游子归来的情趣。

一座破败的古宅，那里面阴暗潮湿，和别墅不能比，连富起来的农民也不愿居住。那些参观的人也不想住在这里，他们是想了解前人所留下的故事，想象那前人生活的画图。那大门前的铁环上曾经系过高头大马，那门厅里曾经停过八抬的花轿，那廊屋里曾经有过自缢的妇女……

那铺着碎石的小街，曾经有许多历史上的名人走过，那深入河中的石级，曾是妇女们的捣衣之处。"长安一片月，万户捣衣声。"你可以在月光下顺着石级往上走，去倾听那历史的回声……

石桥、危楼、古宅、小街、石级，那些历史随意的洒落，却是生命的永驻，历史的残留；是往事的画图，似乎把自己也画在里面。

你在现代化的城市中驱车而过，看见那摩天高楼上有无数的窗户，谁知道那里面是些什么，受了电视剧的影响，好像那里面有色情、暴力和阴谋；那一幢幢编着号码的住宅，今天搬进一个住户，明天搬出一个住户，进进出出的都差不多；那四车道、六车道的柏油路，谁能讲得出有什么名人走过，好像谁都走过，留下了一溜烟，早就被风吹走。现代化意味着高速、方便、舒服，到处留下的是时代的标志与科技力量的显示。人在巨大物质力量的面前显得那么渺小，生命变成了群体。几千人造出一个软件，几亿人在一个软件中疾走，人的寿命在延长，可在感觉上却是那么匆忙，好像未曾在某个地方停留过。于是，有那么为数不多的人，突然想起了过去，过去虽然艰苦，却在那悠悠的苦难中留下了不可磨灭的记忆，留下了他和我，于是便在历史的残留中去寻找生命的遗痕，在汹涌的潮流中去寻找那失去的自我。

2000年6月7日

知趣、识趣、有趣

苏州方言里有一句贬人的话，说某人"呒趣"。呒即没，没趣。

呒趣不是坏，也说不上什么好与不好，即不讨人欢喜，不容易相处，还有点不三不四。"呒趣"不仅是指人，也指事，一件事情办得不光彩，不恰当，很尴尬，也称"那么呒趣哉！"

"趣"字是个常用词，如情趣、志趣、趣味等等，总之是指讨人欢喜、使人高兴的人与事。一个人如果活得无趣，那活着也就没有什么意思了。

人到老年要知趣、识趣、有趣；自己活得有趣，活着也使别人觉得有趣，不要做一个呒趣的老头。

其实，人人都愿意活得有趣，小孩欢喜玩，大人去旅游、看球赛、听相声，都是因为它有趣。一个人对某事有兴趣才能锲而不舍；一个人逼着自己做无趣的事，那是一种不得已，是不由自主。可是人生不是游戏，为了生活不能不做一些自己也无可奈何的事，甚至一辈子都在做着自己并不欢喜，而又不得不做的事。自己有兴趣的事往往没有时间去做，没有可能去做。比如说你爱好弹钢琴，爱好种花、养鸟、读书、写字、钓鱼……许多爱好年轻时都没有可能去做。特别是我们这一代人，当年很少有什么业余时间，业余时间里除掉读《毛选》之外，其余的各种爱好不是资产阶级思想，便是小资产阶级的情调。现在好了，离退休了，你有的是时间，还有那份离退休的工资，你可以做那些自己感兴趣、以前想做而未做的事。年老并非仅仅意味着失去，也意味着得到，得到了某种机缘，可以一了夙愿。

我经常走过一条铺着石子的小巷，那巷子的一面是围墙，墙内是几棵大树。就在那大树下面的围墙上，挂着一排鸟笼，有十多个，各种鸟都有。那是一个老人养的。那老人就住在围墙对面的一个小门里，他忙得很，忙着为那些鸟儿喂食、戏水、清洗。然后坐在门前的一张旧藤椅上，一杯茶放在手边，喝茶、听鸟叫。那种怡然自得的样子叫看的人也觉得怡然。老人活得有趣，路人看得有趣，这世界也充满了情趣。

还有许多离退休的老人在那里练书法、学绘画、弄盆景、读那么多年来一直想读的书；更有人热心公益，服务社区，帮困扶贫，戴着红袖章在小区里巡逻，防偷盗，防止有人偷倒垃圾。这是一种更高尚的乐趣，是乐吾乐以及人之乐，是以别人的有趣作为自己的乐趣。

老来能自得一乐的人，大都活得十分有趣。可也有一种人，不知乐在何处。这种人没有离退休时只是开会、看文件、做报告，不苟言笑，没有私交，不做家务，一辈子没有说过多余的话，没有什么功绩，也没有犯过什么错误。一旦退了下来，坏了，除掉看报纸之外就无事可做，不久就有点老年痴呆了。

其实，人生的乐趣无处不在，问题是要善于寻找。有一位老人刚刚退下来时，也是整天看报，看着看着就找出一些乐趣来了，他剪报、集报，把报纸上的各种各样生活小窍门、治病小秘方收集起来，分门别类，编印成册，放在社区的阅览室里供人翻阅，大受欢迎。他也不停地增删补充，乐此不疲。倒也活得有趣。但也有些人在寻找自己的乐趣时就有点儿想入非非了，好像是生平未曾得志，心里有点儿不平衡，还想"发挥余热"，再创奇迹，轻信各种集资，炒股不自量力，乱用药品补品，妄想永葆青春，结果是没有寻到什么乐趣，反而弄得味趣，此之谓不识趣也。

老来的乐趣大多为自得其乐，能自乐而又乐人，当然最好，不能乐人时也不能因为自乐而去找别人的麻烦。为了收集什么藏品而要别人帮忙，夺人所好，登门索取，人家碍于情面，进退两难。这就有点不知趣了。写字作画本来是怡情养性，寻找美感，锻炼身体。我见那书法家写字，提笔在手，鹤立案头，审度宣纸，凝目寻思，然后踏上一步，屏气运力，下笔千钧，一气呵成。简直是在做气功或是打太极拳，所以书法家多有长寿者。如果把写字作画当作一种手段，稍有所成，便想获取名利，这就有点不识趣了，因为你那字画到底是业余水平，人家当面恭维，暗中不屑，甚至把你写错了的字也挂在那里，出出你的洋相。

老人要知趣识趣，不计功利，坚持自己的志趣，尊重别人的志趣，自足、乐观，兴趣盎然，虽然不能长命百岁，却也活得有滋有味。

2001年3月

姑苏
之恋

那些做买卖的单桨的小船，慢悠悠地放舟中流，让流水随便地把它们带走，那些船上装着鱼虾、蔬菜、瓜果。

道山亭畔忆旧事

有机会参加了母校七十五周年的校庆，在道山亭畔走了几个来回。这道山亭已经面目全非了，可我对母校的记忆还停留在三十五年之前。

那是1945年，抗日战争刚刚胜利，我从泰兴来苏州求学。苏州的学校很多，苏高中是首屈一指，全国有名的，报考的人从四面八方赶来，地板上都睡得满满的，平均要四五十人中才能录取一个。我在初中学习得并不太好，特别是数学差劲，常在四十分上下浮动。再加上初到苏州这个天堂，早被虎丘、灵岩弄得神魂颠倒，根本谈不上什么临时抱佛脚的复习了，只是硬着头皮到苏高中去碰碰运气。

那时候的苏高中刚从宜兴复校来苏州，三元坊的校址被国民党的伤兵占据着，初中部和高中部都挤在公园路的草桥头。我跑到草桥三场考罢，心就凉了半截，出了考场和别人对对题目，听起来别人都是对的，我都是错的。待到发榜之日，心里也不存什么希望，只不过跑到学校里去"张张"。这一张喜出望外，我的大名赫然在焉！而且不是备取，不是"扛榜"，大约总在开头的二三十名之内。我百思不得其解，怎么会考取的？想来想去可能是一篇作文帮了忙。作文的题目我记不清了，好像是一篇什么记游的文章。我读过几年私塾，又在姑苏游了这么一番，于是便用半文不白的句子，仿照《滕王阁序》的格局大加发挥。不知道被哪位阅卷的老师看中了，给的分数大概是很可观的。我的这种猜测也有点根据，入学以后我被编在丙班，那时共有甲乙丙丁戊五个班级，戊班是女生，甲乙班虽然不叫尖子班，但都是数理化比较好的，他们的课程都比我们多，比我们快，但是我们也没有被遗弃的感觉，教和学还是很认真的。我们对一句格言的印象很深，叫"书到用时方恨少"。为了将来恨少，不如现在多学点。许多有声望的老师，他们上课并不按照课本教，都有自编的一套讲义，很多人到处去搜集这种讲义来学，好像掌握了什么秘密武器似的。

苏高中是个有名的"死读书"的学校，有一种尊重知识的风气。如果有一个人打扮得漂亮，家中富有，外面有势而又成绩不好的话，那就没有多少人瞧得起。如果一个人头发很长（不是故意蓄长发而标新立异，实在是出于生活的马虎），经常是蓝布衫一件，但是考起来总是名列前茅，自然就会受到别人的尊敬、羡慕，被大家推举为级长什么的。我在抗日战争的动乱中读完了小学和初中，读得很马虎，所以一进苏高中便觉得特别紧张。再加上不懂苏州话，第一堂课下来听不懂老师讲了些什么东西。教英文的老师不讲中国话，倒反而能听懂那么一点。我本来的习惯是起身钟不敲第二遍不起床，穿衣、叠被、洗脸、奔饭堂等等，这一连串的动作都是以极精确的计算和最高的速度进行的。一进苏高中可不行了，天不亮就有人起床，打了起身钟宿舍里就没有几个人（也有几个睡懒觉的），人都到操场上，到学校的各个角落里去了，在那里背课文、背英文生字。吃早饭之前都得背他几十个，晚上下了夜自修以后，走廊的路灯下还有人徘徊。那时候百分之八十都是寄宿生，走读的不多。平时出校门都得请假，只有星期六晚上和星期日的白天才得自由。每个宿舍都有个室长，还有一个专职的舍监老师，专管点名、整洁、纠纷等事务。苏高中的校规很严，都有明文规定。犯了什么便得记小过一次，犯了什么便得记大过一次；三次小过算一次大过，犯两次大过便得开除。话虽这么说，被记过的人很少，开除的事儿我好像没有见过。

我们在草桥头挤了一年，学校和国民党当局多次交涉，要收回三元坊的校舍，大概是当局同意了，就是国民党的伤兵赖着不肯走。国民党的伤兵是很厉害的，看戏不买票，乘车不给钱，开口便是"老子抗战八年"，动不动便大打出手，没人敢惹他们。突然有一天，草桥头苏高中正方形的操场上高中部的学生紧急集合，校长宣布，要到三元坊去驱逐伤兵，"收复失地"，除女生和身体弱小者外，高中部的学生全部出动，实际上是到三元坊去和伤兵干仗。学生们个个兴高采烈、摩拳擦掌，有人带了棍棒，有人拾了几块砖头，几百人排队涌出校门，跑步奔三元坊而去！

占据三元坊校舍的伤兵其实没有多少，事先听到了风声，又见来了这么多的"丘九"（那时人称国民党的兵为"丘八"，学生好像比兵还难对付，故名之曰"丘九"），眼看形势不妙，便从道山亭的后面翻越围墙落荒而走。校方立即把高中部全部搬到三元坊，并派学生轮流在高处瞭望，防止伤兵重新入侵。

当年的三元坊是一条小弄堂，仅仅能容两辆人力车交会而过，而且路面坑洼，一下雨便是个大水塘。教学区在路西，就是现在的主楼，另外还有一座"立达楼"，一座

"审美楼"。据说审美楼曾经是陈列美术作品和手工劳作的地方，这两座砖木结构的楼我见到时已摇摇欲坠，后来也修葺过，做过教室，现在都拆除了。另外还将孔庙的一座殿，改作大礼堂和饭堂。宿舍区都在路东，一直延伸到沧浪亭的对面。这下子我们进出校门便自由了，可以借口回宿舍取物而到三元坊口买包花生米，或者是到沧浪亭去兜兜。

那时的学生最关心的有三件事，一是考试，二是伙食，三是毕业后的出路。考试最要命，期中考试叫小考，学期结束叫大考。大考简直是一场大难，逢到大考厨工都要少淘点米，学生们吃不下饭了，操场上也没有声音了，每个人都想找个僻静的角落去背笔记。那时候的道山亭是个很理想的复习功课的场所，山上有树木荒草，山脚下的水塘边长满了红蓼与芦苇。我们都欢喜在芦苇丛中做个窝，躺在那里复习。一场大考下来，人像脱了一层皮。时至今日，我晚上还会做一种噩梦，梦见进入考场以后，满纸的数学题一道也不会，急得惊醒过来，可见当年对考试的印象是极其深刻的。

虽然说苏高中的学生死读书，不大关心政治，但是你不关心政治，政治却要来"关心"你。抗日战争胜利以后，国民党日益腐败，物价飞涨，民不聊生，这自然就影响到学生的吃饭问题。学校里的伙食，是由校外的商人承包的，一个包饭商简直是个饮食公司，能包几个学校，几千人的伙食。我记得，那时候的伙食费好像是每月交五斗米钱。早晨喝稀饭，到了第三节课人人饿得饥肠雷鸣。中午是四菜一汤，名字好听，实际上是一扫便光。所以每桌都有个桌长，先由桌长在菜碗边上敲一下，然后大家便一拥而上，否则吃到第二碗饭时就只能白吞了。女生和男生不同席，因为她们不大会抢。饭堂便是礼堂，方桌子分行排开，没有凳子，都站着吃。这么多人同时进餐，实在不好对付，所以那时候许多学校都流行一首打油诗："饭来菜不至，菜来饭已空。可怜饭与菜，何日得相逢！"当时物价飞涨，老板为了赚钱，米里面有沙子，发霉变质（粮商的变质大米都向学校里倾销），伙食情况每况愈下。每个学期为了伙食都要闹点儿小风潮。小闹是针对校方和承包商，大闹便针对国民党（反饥饿运动）。苏高中的学生没有大闹过，小闹年年有，中闹也有过一次。所谓小闹大多是在夏天，大家相约多吃一碗饭，结果饭不够了，闹着要厨房里再烧，烧好了便一哄而散，饭只好馊掉。承包商很熟悉这种把戏，第二天便加个菜，或者是"逢犒"时肉片加厚点（每星期吃两次肉，每次一薄片，叫"逢犒"）。学生也组织伙食委员会，选举最能办事的人来监督，每天还派人去监厨，但也没有用，因为承包商总是和校方有关系，学生中流传着某人受贿赂，某人拿回扣等等的消息（也许是谣言吧）。有一次学生发怒了，吃晚饭的时候，不知是谁先把电闸拉了，饭堂里一片漆黑。突然哗啷一声，有人摔碗（菜碗是承包商供给的）。大家一听便明了，一起把碗祭起来，有的连桌带碗全掀掉。饭堂里哗啷啷响成一片，一阵碗声，一阵欢呼，胆小的都吓得躲在桌子底下。训育主任闻讯赶来弹压，但因漆黑无光，又怕为流碗所伤，只好作罢。这一次中闹也争得了一点权利，寄宿生可以不在学校里吃饭，到外面包饭也可以，悉听自便。那时候沧浪亭一带有许多包饭作，夫妻二人包十来个学生的伙食，价钱和学校相同，却比学校里地道。但也有人倒了霉，碰上了应运而起的骗子。交掉一个月的饭费，开头吃得非常满意，不到一个星期，包饭的夫妻二人抢购得不及时，半个月不到，物价涨了一倍，一个月的伙食钱吃不到二十天。到时候丈夫叹气，妻子哭诉着原委，学生都是懂理的人，只好加钱。凡此种种，许多争得了权利而出去吃包饭的人，只好又回到学校里，还受到包饭商的一点讽刺和打击。

读高中的学生，在高一、高二时比较安心，到了高三便惶惶不可终日。要考虑出路，甚至要考虑今后的一生怎样度过。当时的中学生，除掉考大学以外似乎有三种去路，一种是回家结婚，当小老板、少奶奶、大少爷，这是极少数；一种是去当个职员、练习生什么的，这要有关系；一种是到农村里去当个小学教员，走这条路的人很多，据说在苏州地区这样比较富饶的农村里当个小学教员，每月也能拿到三石米。所以死读书的学生到了高三便对政治和经济发生了"兴趣"。我到了高三便不大认真读书了，和几个同学忙于看小说，看各种杂志，想着要改革那个黑暗的旧社会，可是怎么改革法，却也是茫然无知的。后来听说哲学这门学问是专管人生和社会的，便到图书馆里去借了几本皮面烫金、无人问津的哲学书来，躺在草地上拼命地看。这些唯心主义的哲学也实在太玄，怎么也看不懂。后来，不知道从哪里流传来了《大众哲学》《新青年的新人生观》《新经济学》等等的书籍，还有在香港出版的文艺刊物（第一次读到了赵树理的作品），再后来还偷读了《新民主主义论》，这些书我一读便懂，决定不再徘徊，毕业以后便卖掉了所有的书和用不着的衣物，买了一双金刚牌的回力球鞋（准备跑路、打游击），一支大号的金星钢笔，直奔苏北解放区而去……

我在苏高中的三年，纯粹是一个学生，知道的事很少，只能回忆一些学生生活的片段。

1979年11月

梦中的天地

我也曾到过许多地方，可那梦中的天地却往往是苏州的小巷，我在这些小巷中走过千百遍，度过了漫长的时光；青春似乎是从这些小巷中流走的，它在脑子里冲刷出一条深深的沟，留下了极其难忘的印象。

三十八年前，我穿着蓝布长衫，乘着一条木帆船闯进了苏州城外的一条小巷。这小巷铺着长长的石板，石板下还有流水淙淙作响。它的名称也叫街，可是两部黄包车相遇便无法交会过来；它的两边都是低矮的平房，晾衣裳的竹竿从这边的屋檐上搁到对面的屋檐上。那屋檐上砌着方形带洞的砖墩，看上去就像古城墙上的箭垛一样。

转了一个弯，巷子便变了样，两边都是楼房，黑瓦、朱栏、白墙。临巷处是一条通长的木板走廊，廊檐上镶着花板，雕刻都不一样，有的是松鼠葡萄，有的是八仙过海，大多是些"富贵不断头"，马虎而平常。也许是红颜易老吧，那些朱栏和花板都已经变黑、发黄。那晾衣裳的竹竿都在雕花板中隐藏，竹帘低垂，掩蔽着长窗。我好像在什么画卷和小说里见到过此种式样，好像潘金莲在这种楼上晒过衣服，那楼下挑着糖粥担子的人，也像是那卖炊饼的武大郎。

这种巷子里也有店铺，楼上是居宅，楼下是店堂。最多的是烟纸店、酱菜店和那带卖开水的茶馆店。茶馆店里最闹猛，许多人左手搁在方桌上，右脚跷在长凳上，端起那乌油油的紫砂茶杯，一个劲儿地把那些深褐色的水灌进肚皮里。这种现象苏州人叫作皮包水，晚上进澡堂便叫水包皮。喝茶的人当然要高谈阔论，一片嗡嗡声，弄不清都是谈些什么事情。只有那叫卖的声音最清脆，那是提篮的女子在兜售瓜子、糖果、香烟。还有那戴着墨镜的瞎子在拉二胡，沙哑着嗓子在唱什么，说是唱，但也和哭差不了许多。这小巷在我的面前展开了一幅市井生活的画图。

就在这画卷的末尾，我爬上了一座小楼。这小楼实际上是两座，分前楼和后楼，两侧用厢房连在一起，形成了一个"口"字。天井小得像一口深井，只放了两只接天水的坛子。伏在前楼的窗口往下看，只见人来人往，市井繁忙；伏在后楼的窗口往下看，却是一条大河从窗下流过。河上的橹声咿呀，天光水波，风日悠悠。河两岸都是人家，每家都有临河的长窗和石码头。那码头建造得十分奇妙，简单而又灵巧，是用许多长长的条石排列而成。那条石一头腾空，一头嵌在石驳岸上，一级一级地插进河床，像一条条石制的云梯挂在家家户户的后门口。洗菜淘米的女人便在云梯上凌空上下，在波光与云影中时隐时现。那些做买卖的单桨的小船，慢悠悠地放舟中流，让流水随便地把它们带走，那些船上装着鱼虾、蔬菜、瓜果。只要临河的窗口有人叫买，那小船便箭也似的射到窗下，交易谈成，楼上便放下一只篮筐，钱放在篮筐中吊下来，货放在篮筐中吊上去。然后，楼窗便吱呀关上，小船又慢慢地随波漂去。

在我后楼的对面，有一条岔河，河上有一顶高高的石拱桥，那桥栏是一道弧形的石壁，人从桥上走过，只有一个头露在外面。可那桥洞却十分宽大，洞内的岸边有一座古庙，我站在石码头上向里看，还可以看见黄墙上的"南无"二字。有月亮的晚上可以看见桥洞里的流水湍急，银片闪烁，月影揉碎，古庙里的磬声随着波光向外流溢。那些悬挂在波光和月色中的石码头上，捣衣声响成一片，"长安一片月，万户捣衣声"，小巷的后面也颇有点诗意。翻身再上前楼，又见巷子里一片灯光，黄包车辚辚而过，卖馄饨的敲着竹梆子，卖五香茶叶蛋的提着小炉子和大篮子。茶馆店夜间成了书场，琵琶叮咚，吴侬软语，苏州评弹尖脆悠扬，卖茶叶蛋的叫喊怆然悲凉。我没有想到，一条曲折的小巷竟然变化无穷，表里不同，栉比鳞次的房屋分隔着陆与水，静与动。一面是人间的苦乐和喧嚷，一面是波光与月影。还有那低沉回荡的夜磬声，似乎要把人间的一切都遗忘。

我也曾住过另一种小巷，两边都是高高的围墙，这围墙高得要仰面张望，任何红杏都无法出墙，只有常春藤可以爬出墙来，像流苏似的挂在墙头上。这是一种张生无法跳过的粉墙，墙上那沉重的大门终日紧闭，透不出一点个中的消息，大门口还有两块下马石，像怪兽似的伏在门边，虎视眈眈，阴冷威严，注视着大门对面的一道影壁。那影壁有砖雕镶边，当中却是空白一片。这种巷子里行人稀少，偶尔有卖花人拖长着声音叫喊："阿要白兰花？"其余的便是麻雀在门楼上吱吱唧唧，喜鹊在风火墙上跳上跳下。你仿佛还可以看见王孙公子骑着高头大马走进了小巷，吊着铜环的黑漆大门咯咯作响，四个当差的从大门堂内的长凳上慌忙站起来，扶着主子踏着门边的下马石翻身落马，那马便有人牵着，系到影壁的旁边的拴马环上。你仿佛可以听到喇叭声响，爆竹连天，大门上张灯结彩，一顶花轿抬进巷来。若干年后，在那花轿走过的地方却树起了一座贞节坊或节孝坊。在发了黄的志书里，也许还能查出那些烈女、节妇的姓氏，可那牌坊已经倾圮，只剩下两根方形的大石柱立在那里。

我擦着那方形的石柱走进了小巷，停在一座石库门前。这里的大门上钉着竹片，终日不闭，有一个老裁缝兼做守门人，在大门堂里营业，守门工资便抵作了房租费。也有的不是裁缝，是一个老眼昏花的妇人，她戴着眼镜伏在绷架上，绣着那龙凤彩蝶。这是那种失去了青春的绣女，一生都在为他人作嫁衣裳，老眼虽然昏花，戴上眼镜仍然能把如丝的彩线劈成八瓣。这种大门堂里通常都有六扇屏门，有的是乳白色的，有的在深蓝色上飞起金片，金片都已发了黑，成了许多不规则的斑点。六扇屏门只有靠边的一扇开着，使你对内中的情景无法一目了然。我侧着身子走进去，不是豁然开朗，而是进入了一个黑黝黝的天地，一条狭长的备弄深不见底。备弄的两边虽然有许多洞门和小门，但门门紧闭，那微弱的光线是从间隔得很远的漏窗中透出来的。踮起脚来从漏窗中窥视，左面是一道道的厅堂，阴森森的；右面是一个个院落，湖石修竹，朱栏小楼，绿荫遍地。这是那种钟鸣鼎食之家，妻妾儿女各有天地，还有个花园自成体系。

我曾在某个花园中借住过半年，这园子仅占两亩多地，可以说是一个庭院，也可以说是一个花园，因为在这小小的地方却具备了园林的一切特点，这里有湖石堆成的假山，山上有鹅卵石铺成的小路，小路盘旋曲折，忽高忽低，一会儿钻进洞中，一会儿又从小桥上越过山洞；山洞像个缺口，那桥也小得像个模型似的。如果你循着小路上下，居然也得走好大一气；如果你行不由径，三五步便能爬上山顶。山顶笼罩在参天的古木之中，阳光洒下的全是金线，处处摇曳着黑白相间的斑点。荷花池便在山脚边，有一顶石板小桥横过水面。曲桥通向游廊，游廊通向水榭、亭台，然后又回转着进入居住的小楼。下雨天你可以沿着回廊信步，看着那雨珠在层层的枝叶上跌得粉碎。雨色空蒙，楼台都沉浸在烟雾之中。你坐在亭子里小憩，可以看那池塘里慢慢地涨水，涨得把石板曲桥都没在水里。

这园子里荒草丛生，地上都是白色的鸟粪，山洞里还出没着狐狸。除掉鸟鸣之外，就算那池塘最有生气，那里水草茂盛，把睡莲都挤到了石驳岸边。初夏时，石岸边的清水中游动着惹人喜爱的蝌蚪。尖尖的荷叶好像犀利无比，它可以从厚实的水草中戳出来，一夜间就能钻出水面。也有些钻不出来，因为鲤鱼很欢喜鲜嫩的荷叶。一到夜间更加热闹，蛙声真像打鼓似的，一阵喧闹，一阵沉寂，沉寂时可以听见鱼儿唼喋。唿喇喇一声巨响，一条大鱼跃出水面，那响声可以惊醒树上的宿鸟，吱吱不安，直到蛙声再起时才会平息。住在这种深院高墙中很寂寞，唯有书籍可以作为伴侣。我常常坐在假山上看书，看得入神时身上便爬来许多蚂蚁，这种蚂蚁捏不得，它身上有股怪味，似乎是一种冲脑门儿的松节油的气味，我怀疑它是吃那白皮松的树脂长大了的。

比较起来我还是欢喜另一种小巷，它有浓厚的生活气息，在形式上也是把各种小巷的特点都汇集在一起。既有深院高墙，也有低矮的平房，有烟纸店、大饼店，还有老虎灶。那石库门里的大房子可以住几十户人家，那小门里的房子却只有几十个平方米。巷子头上有公用的水井，巷子里面也有只剩下石柱的牌坊。这种巷子也是一面临河，却和城外的巷子大不一样，两岸的房子拼命地挤，把河道挤成狭窄的水巷。"古宫闲地少，水港小桥多"，唐代的诗人就已经见到过此种景象。

夏日的清晨你走进这种小巷，小巷里升腾着烟雾，巷子头上的水井边有几个妇女在那里汲水，慢条斯理地拉着吊桶绳，似乎还带着夜来的睡意，还穿着那肥大的、直条纹的睡衣。其实，整个的巷子早就苏醒了，退休的老头已经进了园林里的茶座，或者是什么茶馆店，在那里打拳、喝茶、聊天。也有的老头儿足不出户，在庭院里侍弄盆景，或是呆呆地坐在藤椅子上，把一杯杯的浓茶灌下去。家庭主妇已经收拾了好大一气，提篮走进那个喧嚷嘈杂的小菜场里。她们熙熙攘攘地进入小巷，一路上议论着菜肴的有无好丑和贵贱。直到垃圾车的铃声响过，垃圾车渐渐远去，上菜场的人才纷纷回来，结束清晨买菜的这一场战斗。

买菜的队伍消散了，隔不多久，巷里的活动又进入了高潮。上班的人几乎是在同一个时间内涌出来的，有的出巷往东走，有的入巷往西去，背书包的蹦蹦跳跳，抱孩子的妈妈教孩子和好婆再见，只看见那自行车银光闪闪，只听见那铃声儿响成一片。小巷子成了自行车的竞技场、展览会，技术不佳的女同志只好把车子推出巷口再骑。不过，这种高潮像一阵海浪，半个小时后便会平息。

上班、上学的人都走了，那些喝茶、打拳的便陆陆续续地回来，这些人走进巷子来时，大多不慌不忙，神色泰然，眼帘半垂，好像是这条巷子里再也没有什么东西可以使他们感到新奇。欢乐莫如结婚，悲伤莫如死人，张皇莫如失火，可怕莫如炮声，他们都经历过，呒啥稀奇。如果你对他们不感兴趣的东西感兴趣的话，他们每个人的经历倒很值得搜集。他们有的是一代名伶；有的身怀绝技；有的是八级技工，曾经在汉阳兵工厂造过枪炮的；有的人历史并不光彩，可那情节却也十分曲折离奇。研究这些人的生平，你可以追溯一个世纪，但是需要使用一种电影手法化出。否则的话，你怎么也想不到那个白发如银、佝偻干瘪的老太太是演过《天女散花》的。

夏天是个敞开的季节，入夜以后，小巷的上空星光低垂，风从巷子口上灌进来，扫过家家户户的门口。这风具有很大的吸引力，把深藏在小庭深院中的生活都吸到了外面。巷子的两边摆着许多小凳和藤椅，人们坐着、躺着来接受那凉风的恩惠。特别是那房子缩进去的地方，那里有几十个平方米的砖头地，是一个纳凉、休息、小憩的场所。砖头地上洒上了凉水，附近的几家便来聚会。连那终年卧床不起的老人也被儿孙搀到藤椅子上，接受邻居的问候。于是，这巷里的春花秋月、油盐柴米、婚丧嫁娶统统成了人们的话题，生活底层的秘密情报可以在这里猎取。只是青年人的流动性比较大，一会儿来了个小友，几个人便结伴而去；一会儿来了个穿连衫裙的，远远地站在电灯柱下招手，藤椅子咯喳一响，小伙子便被吸引而去。他们不愿对生活作太多的回顾，而是欢喜向未来作更多的索取；索取得最多的人却又不在外面，他们面对着课本、提纲、图纸，在房间里挥汗不止，在蚊烟的缭绕中奋斗。

奇怪的是今年夏天在巷子里乘凉的人不多，夏夜敞开的生活又有隐蔽起来的趋势。这都是那些倒霉的电视机引起的，那玩意以一种飞跃的速度日益普及。在那些灯光暗淡的房间里老少咸集，一个个寂然无声，两眼直瞪，摇头风扇吹得呼呼地响。又风凉，又看戏，谁也不愿再到外面去。有趣的是那些电视机的业余爱好者，那些头发蓬乱、衣冠不整的小青年，他们把刚刚装好还没有配上外壳的电视机捧出来，放在那砖头地上作技术表演，免费招待那些暂时买不起或暂时不愿买电视机的人。静坐围观的人也不少，好像农村里看露天电影。

小巷子里一天的生活也是由青年人来收尾，更深人静，情侣归来，空巷沉寂，男女二人的脚步都很合拍、和谐、整齐。这时节，路灯灼亮，粉墙反光，使得那挂在巷子头上的月亮也变得红殷殷的。脚步停住，钥匙声响，女的推门而入，男的迟疑而去，步步回头；那门关了又开，女的探出上半身来，频频挥手。这一对厚情深意，那一对不知道出了什么问题，男的手足无措，站在一边，女的倚在那方形的石牌坊上，赌气、闹别扭，双方僵持着，好像要等到月儿沉西。归去吧姑娘，夜露浸凉，不宜久留，何况那方形的石柱也倚不得，那是块死硬而沉重的东西……

144

面对着大路你想驰骋，面对着高山你想攀登，面对着大海你想远航。面对着这些深邃的小巷呢？你慢慢地向前走啊，沿着高高的围墙往前走，踏着细碎的石子往前走，扶着牌坊的石柱往前走，去寻找艺术的世界，去踏勘生活的矿藏，去倾听历史的回响……也许已经找到一点什么了吧，暂且让它留下，看起来找到的还不多，别着急啊，让我慢慢地往前走。

1981年5月

人与城

　　苏州城已经有了一些节日的气息，到处都在进行清扫、修建，是为了庆祝她两千五百岁的生日。一个本来就很美丽的城市，只要稍稍地打扮一下，便会显得更加妩媚。欲把苏州比西子，淡妆浓抹都相宜。

　　苏州城，一颗东方的明珠，一个江南的美人，娴静、高雅，有很深厚的文化教养，又是那么多才多艺，历两千五百年而不衰老，阅尽沧桑后又焕发青春，实在有点不可思议。如果去询问她驻颜有何妙术，却又发现她一未吃珍珠粉，二未吃人参蜂王浆，更未偷食长生不老之药。除掉她的天生丽质，即某些特殊的地理条件之外，主要是靠那些名不见经传的人，那些人为了生活，为了改善生活，为了美化生活而日日夜夜地辛劳、谋划。苏州人形容此种辛劳有句土话，叫"弗停格爬"。修建房屋叫爬房子，做家具叫爬家什，侍弄盆景叫爬盆景。一家一户地爬，一代一代地爬，便爬出了一个美丽的苏州城，而且使其永葆青春。爬，不是奔，需要耐心、细致、坚韧。于是，那精巧与细致便成了苏州的特色。苏州的园林、苏州的刺绣、苏州的美食、苏州人的待人接物等等都与精巧、细致不可分。此种特色不可替代，获得八方人士的青睐。

我们的祖先也许并未想到要故意去创造苏州的特色，没有想到要创造一颗东方的明珠或培养一位绝代的佳人。他们只是在和生活的搏斗与享用之中，把自己的个性、爱好、审美观点渗透到私人生活与公共生活之中，一旦形成风习，便会得到维护与发展，半是天生，半是人为，任何英雄豪杰都是无法左右的。庆祝苏州建城两千五百周年，实际上是为了缅怀我们那些"弗停格爬"的祖先，他们为我们留下了丰富的遗产与可贵的城市特点，同时也是为了庆祝我们自己"爬"得也很艰难，而且终于爬过了十分艰难与百般困扰的近十年。回过头来看看苏州城，倒也做了不少事情。人与城的关系要回过头来看看才能明白，人活百年已经十分稀有了，一个城市却能活两千五百年、三千年……城市是人的物化，人的精神的转化，每个为这个城市做过一些好事的人，虽然没有留下名字，却都会在这个长生不老的城市中留下有形无形的痕迹。你在苏州的大街小巷中走走，看见一座园子、一顶小桥、一个井圈、一间临河的小楼，会觉得古朴、优美。再往深处一想，便会有许多曾经活着的人显现在你的面前。你仿佛看到一位白发的长者种下了一棵小树，如今已长得参天蔽日；你好像看到几个浑身污泥的掘井人蹲在墙角里抽烟，如今那青石井栏已被吊桶绳磨出几十条一寸多深的凹痕，使得许多国外的旅游者都很惊奇，觉得这样的井圈应该陈列在博物馆里……

中国人有个习惯，逢五逢十是大庆，等到庆祝苏州建城三千年的时候，我们这一代人早就灰飞烟灭了，但也和古人一样，凡是给这个城市做过一些好事的人，都会为这个城市留一点有形或无形的痕迹。只是有一点大家不必计较，不必计较那痕迹是你的还是我的，是物质的还是精神的。

1986年10月6日

古城吟

我常常产生一种幻想：如果四十年前我们就懂得世界上还有旅游事业，属于无烟工业，不仅可以扩大眼界，陶冶性情，娱乐休息，而且还可以赚大钱。如果我们早就懂得它，还懂得怎么爱惜我们民族的传统文化，那么，我们就可以把古老的苏州城好好地保护下来，加以整修，那就可以成为东方的明珠，每年的旅游收入，很可能会超过目前有烟工业的出口创汇。然而，这一切都是不可能的。

直到粉碎"四人帮"之后的两三年，对于苏州到底如何发展还在那里进行激烈的争辩。一种意见认为苏州是个古老的文化城市，要全面保护，不能变；一种意见是苏州人要吃饭，要就业，必须大力发展工业。折中的意见是在发展工业的同时，分区分片，保护点和线。人们往往要讽刺中间路线，其实世界上最行得通的倒是折中主义。

苏州城是无法原封不动的，她虽然被称作东方的威尼斯，可那意大利的威尼斯除掉旅游者和为旅游服务的人以外，很少有常住的人口，而且它的古老的建筑都是用石头造成的。苏州的有户口的住民将近七十万，它的古老建筑全部是砖木结构。一切问题都从这里产生了，不管你权力有多大，学问有多深，如果你忽视了七十万人，一切美好的想象都是纸上谈兵。

外地人、外国人到苏州来都是观光旅游，寻古访幽。可是苏州人却在这块土地上安身立命，生儿育女。你说那古老的民居栉比鳞次，高低参差，高围墙、小庭院，很像画中的世界，很富有东方古典的美。可居住在那些房子里的人却感到阴暗、潮湿、拥挤。冬天里屏门会透风，夏天连墙上也出水；没有煤气管道，没有卫生设备，倒马桶成了最头疼的问题。小庭院里住了三五家，小楼也成了危楼，这日子怎么过呢！所谓保护一个古老的城市，主要是保护它的地面建筑，如果把古老的地面建筑全拆光，那古老的城市也就只剩下了一个古老的名字。

要保护古老的建筑，同时又适应生活发展的要求，最好的办法是外形不变，结构不变，内部重新装修，世界各国都是如此。可是对于砖木结构的房子来说，困难就多了。有许多房子不是装修，而是翻修，几乎是拆掉了以后根据原样重建。据有关部门测算，按现有的经费，要把苏州古老的民居重新修一遍，得花五十年！

有人说，如果房改完成，房屋都归私人所有，他们自己会修。不对，到时候如果没有硬性的法律规定，那就不是修，而是拆，拆得比现在更快些。因为翻造砖木结构的旧房，又要进行现代化的装修，花的钱比新造楼房还要多，而且不能增加居住面积，不能一劳永逸。所以说，我们不仅要为苏州在建设中遭到的破坏而摇头，更要为未来在发展中的遭殃而担忧。

一个满载着人口的城市总是要变化的，因为它不能像一件古董似的封闭在橱窗里。即使解放前的苏州，和明清两代的苏州也不一样。顾颉刚先生回忆他小时候，出门都是乘船，那是"君到姑苏见，人家尽枕河"。交通运输主要是靠小河与小船。待到我小时候到苏州来时，交通已经主要是靠人力车和马车了，小河里的小船，只是运瓜、运菜、运柴草、运垃圾。现在我们的人口翻番，生活的需要也比过去复杂得多，如果现在还靠小河，大概只能运送啤酒瓶和可乐罐头。汽车是不可阻挡的潮流，于是便得拆民居，拓宽马路，马路两边造高楼、开商店、办公司，苏州人沾沾自喜，好，城市有了现代化的气息。怀旧访古的人前来一看，糟了，苏州已经面目全非！

面目全旧又不行。你说那小茶馆很有情趣，可那长板凳上有人蹻着腿，四仙桌上坐了五个人，地下满是花生壳和瓜子皮，茶碗里的茶垢从不清洗，闹嚷嚷嘈杂一片，可能还加上震耳欲聋的收录机，你敢进去？

你说从前的那些小旅馆很好，可以，假如我把你领到一家四十年前的小旅馆里去，茶房把门帘一掀，里面就出来一股怪味。给你沏上一壶茶，送上一盆水，那茶杯肯定没有消过毒，脸盆上也是油光光的。跟着便为你拿来几张草纸，拎来一只恭桶放在你的床边："先生，你请便。"此种情景保证你看了会皱眉头："啧啧，苏州为什么还这样落后！"不能把小旅馆翻修一下吗？可以，外形不变，结构不变，修好雕花板，重换木扶梯，装上空调和卫生设备，红木桌椅红木床，案桌上放着大花瓶，内插天竹叶，墙上挂着字画，那些字画的作者已经谢世了一百年……我曾经请一个宾馆里的经理测算过，住这样的小旅馆其价格大大地超过了我们南林饭店的山水楼。这时候你又要发火了："这么贵的房钱叫我怎么报销呢，想当年……"当年已经过去半个世纪了，想是想不回来的。

生活的浪潮，人们的心态冲击着苏州这座古老的城市，要想一成不变是不可能的。从古到今，苏州的变化也没有停止过，只不过古代是渐变，现在的生产手段却可以造成突变，可以是眼睛一眨，老母鸡变鸭。我们不能让苏州在二三十年之后变得只剩下几座园林、寺庙、宝塔，其余的都是蹩脚楼房、香港门面……

好在苏州的有识之士已经注意到这一点，一个新城正在建设之中，以减轻老城人口的压力。城内不许再造高层建筑，不许再造"平顶头"，新房的建筑设计也力求与苏州的风格统一。人们也逐渐明白过来了，住高层的单元房不如住翻修过的小庭院适意，问题是缺少空间，缺少钱，也许还缺少点文化什么的。

当一个城市被人口挤得快要爆炸的时候，你还讲什么保护，还讲什么古典美？赶快用有限的钱财去造一些"平顶头"，先把人装进去。等到情况稍许缓和了，住单元高楼的洋味儿也尝过了，口袋里的钱也多了，人们就会十分怀念那些古老的民居，千方百计地去加以修缮，这和现在的欧洲人一样，能住古宅的人就表示他有文化、有地位。好在我们拆除的老民居还不是太多，大部分还保留着。目前有一些新建筑十分难看，那也没有关系，现代的爆破术是足够对付的。到时候会出现一些假古董，也好，造得好的假古董时间长了也很珍贵。假古董和修整过的真古董放在一起，这恐怕就是古城苏州未来的发展。要做到这一点也不容易，一要靠我们的文化修养，二要靠经济实力，苏州所以能成为苏州，靠的也是这两点。苏州如果不是富甲江南，它是不会形成的；苏州如果没有那么多的文化人住过、到过、写过，它也不会如此的有名气。唐伯虎描绘苏州是"翠袖三千楼上下，黄金百万水西东"。注意，如果没有黄金百万的话，连那小河里的水都是臭的。

1988 年 10 月 21 日

常熟情

我对常熟很熟，因为她很像苏州，老常熟的格局、风貌、情趣，与苏州相比都是有过之而无不及。常熟还胜苏州一筹，她的城内有山有水，无水不能成为城市，无山少了点韵味，智者乐水，仁者乐山，不仁不智的人对山水也有依恋。

我认识常熟很迟，迟到了1958年"大跃进"的时候。一个从抗战胜利后就住在苏州的人，直到1958年才认识常熟，未免有点遗憾，实在是相见恨晚。更遗憾的是我第一次来到常熟是在一个幽暗而寒冷的冬夜里。那时候我下放在工厂里劳动，三天三夜不睡觉之后，突然通知要连夜赶到常熟去参观一个什么先进的工厂，那里的干劲比我们还要冲天，三天三夜就全部实现了自动化，要我们去学习。那一次我对常熟没有留下任何印象，只记得在等车时坐在一昏暗灯光下打瞌睡，那时候的第一需要是睡觉，眼睛一闭那世界是一片沉寂。

我第二次来到常熟已经是1982年了。如果我在1958年在常熟的街灯下打瞌睡时，常熟正好有个女孩呱呱坠地，这时候她已经长得婀娜多姿、亭亭玉立了。这一次到常熟来也不再是参观什么自动化了，而是重新拿起了自来水笔，为了赶写一个从未出笼过的电影剧本，躲到常熟的一个招待所里爬格子。那是一个寒冷的冬天，外面飘着大雪，当我冻得要哈手跺脚的时候，便到外面去踏雪寻梅。这时候我才发现常熟是如此的秀美。小巷人家，小桥流水，不亚于苏州，青山绿水半入城却又是苏州之所未及。有小家碧玉的气质，却又有大家闺秀的风度。在江南平原上很少有像常熟这样的城市，举步便能登山，移位便能临水。苏州城里也有山，但那都是假山，真正的山都在城外面。

从此我便爱上了常熟，每当要"闭门造车"之际，便想到要到常熟找一个藏身之地。有时候甚至想入非非，想和曾经写过《孽海花》的曾朴老先生做个芳邻什么的。

近五六年来，我常常来往于苏州和常熟之间，有时是为了工作，有时是为了写作。为了工作是来去匆匆，为了写作便住下来不动。所谓不动是不被别人牵着动，自己在午后和傍晚还是要走动走动。或徜徉于河边，或漫步于街头。有时在河边眺望，有时在街头买酒。我记得在一座高桥的桥堍有一条小街，小街的头上有一爿小酒馆，我常在傍晚时去沽酒二斤，独酌沉思，直饮到月上桥头。有时也到友人家去畅饮长谈，手舞足蹈，激动不已。激动近于诗，沉思近于哲，激动与沉思的交织是炮制小说的经纬，在常熟写作总是有收获的。

最难忘的是住在琴湖宾馆东面的一个房间里，窗外是一片湖水，白日的波光、夜晚的月色都会被湖水送到窗前。那似水的年华、情感的起伏，恰似那一湖碧水，平静无波，略有涟漪，任凭文章的酌取。在琴湖宾馆里我曾经写过中篇小说《井》、散文《微弱的光》，两篇文章都写得顺手而酣畅。因此我十分思念常熟，常熟的朋友也常常思念我，带信邀我再到常熟去。我是又想去又不敢去，因为一个人自己想求得平静时，往往就会扰乱别人的平静，自己想求得方便时就会要别人的帮助。在我的一生中曾经得到过许多人的帮助和支持，许多感情上的激励、慰藉和鼓舞，我无法偿还如此巨大的债务，所以不敢过多地制造情谊上的负数。

1990年12月

深巷里的琵琶声

我年轻的时候欢喜在苏州穿街走巷，特别是在秋天，深邃的小巷里飘溢着桂花的香气。随着那香气而来的还有叮叮咚咚的琵琶声，正如白居易在《琵琶行》中所写的那样，是"转轴拨弦三两声，未成曲调先有情"。循着声寻觅，总能在那些石库门中、庭院里、门堂里发现一个美丽的姑娘或少妇，在弹着琵琶，唱着苏州评弹。她们不是在卖唱，是在练习。

评弹又称弹词，通称说书，是用标准的苏州方言说唱的一种曲艺，广泛流行于江苏、浙江一带的吴语地区，不管是在城市或农村，几乎是家喻户晓的。

早年间，苏州城里和农村的小镇上都有很多书场，农村的书场往往都和茶馆结合在一起。我的上一代的人，特别是姨妈、姑姑和婶婶她们，听书是主要的消遣。当我读书到深夜时，总是听见她们刚从书场里回来，谈论着演员的得失，吃着小馄饨。

当年能够走红的评弹演员，胜过现在的任何一个红歌星，主要是他和他们艺术生命不是几年，而是几十年，特别是男演员，越老越是炉火纯青。苏州人称评弹演员为说书先生，女的也叫先生。一个说书先生如果能够走红，那就不仅是知名度高，而且能赚很多钱；即使不能走红，混口饭吃也没有问题。苏州的市民阶层、小康人家，如果有一个女孩生得漂亮，聪明伶俐，便会有人建议："让她说书去。"

学说书也不容易，我们在小巷中听到琵琶声时感到很有诗意，可那学琵琶的小姑娘却往往泪水涟涟。荒腔走调要被师傅责骂，说不定还要挨几个巴掌什么的，那时的传艺不讲什么说服教育，奉行的是严厉。如果是母女相传的话，打起来要用鸡毛掸帚。

评弹都是师徒相传，这规矩一直沿用到今天。徒弟学到一定的程度，便跟着师傅出去"跑码头"，即到苏州农村里的各个小镇上去演出，两个人背着琵琶和三弦，仆仆风尘，四处奔波，在这里演三天，在那里演五日，住在小客栈里,或者就在夜场演出结束之后,打个地铺睡在书场的角落里,够辛苦的。

少数幸运的姑娘或小伙子也能苦尽甘来,在小码头上磨炼出来了,有点儿名气了,便开始进入大码头,在苏州、上海的大书场里演出,如果又能打响,那便是一代风流。

一条小巷里如果能出一个走红的评弹演员,邻里间都会感到光荣,小姑娘们更是羡慕不已。看那红演员进出小巷,坐一部油光锃亮的黄包车,那黄包车有黑色的皮篷,有两盏白铜的车灯,能像手电似的向远处照射着行人。车夫的手边还有一个用手捏的橡皮球喇叭,坐车人的脚下还有一个用脚踏的像铜壶似的大铜铃。那时候苏州很少见到小汽车,乘坐这种黄包车的人就像现在乘坐一辆奔驰似的。

白天,女演员赶场子,浓妆艳抹,怀抱琵琶,坐着黄包车从热闹的大街上风驰而过,喇叭声声,铜铃叮当,那艳丽,那风采,都足以使路人侧目,指指点点。深夜散场归来,小巷空寂,车灯煌煌,喇叭声和铃声能惊醒睡梦中的小姑娘,使她们重新入梦时也觉得自己是坐在那辆油壁香车上。

苏州评弹所以能那样地受人欢迎,那样地深入民间,主要是因为它的语言生动,唱腔优美,叙事和刻画人物都极为细腻,而且故事的内容很多都与苏州有关系,能把市民生活和市民心理表达得淋漓尽致，幽默风趣。在书场里泡一杯香茶，听名家的演唱，那简直是一种莫大的享受。

近几年因为电视的冲击，评弹的听众越来越少，许多书场都改成了电影院或是什么商店，苏州老牌的苏州书场也是日场说书，夜场变成卡拉OK什么的。主要的原因我看是有三点：一是电视的普及，许多人，特别是老人晚上不愿出门。二是现在的人欢喜快节奏，受不了那评弹的细细道来，也不能保证可以连续十天、二十天地去听完一部长篇。三是"文化大革命"使苏州评弹中断了十多年，这就造成了观众和听众的断层，目前三十多岁、四十岁的人从小未能养成对评弹的爱好，因为他们从小就没有听到过。苏州人爱好评弹是从小跟着父母或爷爷进书场看热闹、吃零食开始的，一旦入了门便终身难以忘记。

我相信苏州评弹不会在这块土地上消失，因为我们还有那么多评弹名家健在，还有一个颇具规模的评弹学校在不停地培养人才。有一次我从小巷里走过，看见一位少妇用自行车推着她的小女儿，那美丽的女孩大概只有七八岁，却抱着一个和她差不多高的琵琶，由母亲陪着到少年宫去学评弹。我问那位母亲："你是不是想把你的女儿培养成评弹演员呢？"

那位母亲摇摇头："不一定，苏州的女孩子应该懂得评弹，就像维也纳的人都懂得钢琴似的。"

我听了以后感动得几乎流下眼泪，有文化的苏州人是不会让她的文化传统在她的土地上消失的。

1991年8月30日

寒山一得

　　说到苏州的寒山寺，我就有点得意，有点欣慰；有点儿生而无憾，却也不敢忘乎所以。

　　说实在的，寒山寺那么一座庙，枫桥那么一座桥，都没有什么了不起。精细的苏州人早就看出来了，还因此而产生了一句歇后语，叫"寒山寺的钟声懊恼来"，即来到了寒山寺以后看看也并不怎么样，有点儿盛名之下其实难副的意味。确实，在全国的庙宇之中，论规模，寒山寺恐怕是排不上队；一座枫桥在江南众多的石桥之中也不为奇，长虹卧波的大石桥多着呢！为什么那些比寒山寺更加恢弘的庙宇，比枫桥更加雄伟的石桥却默默无闻，唯独寒山寺那么名扬四海，引得游人如织？仅辞岁之夕，扶桑国人来听钟声者便有数千，使得市场繁荣，香火鼎盛，靠寒山寺而生活的人成千上万，因此而引来的国外投资尚未计算在内。

寒山寺建于南梁，唐时因寒山、拾得二僧居此而得名。得名并不等于出名，寒山、拾得在佛教中虽然也有地位，但寒山寺的名扬四海却是因为诗人张继写的那首七绝："月落乌啼霜满天……"

张继的这首《枫桥夜泊》，凡有文化者无不知晓，写得通俗易懂，意境优美，朴实自然，收进了《唐诗三百首》，也收进了许多教科书。读过这首诗的人就知道了姑苏城外有座寒山寺，来到苏州后就想到此一游，天长日久，代代相传，使得寒山寺成了旅游的热点。随着旅游事业的日益发展，这寒山寺还会变得更热，从经济上来看简直是一个跨国的大企业，这种企业还不承担任何风险，只须完善防雷和防火的设备。

枫桥镇上那些开饭店的、开茶馆的、卖工艺品的、卖石砚的、卖拓碑的、开出租车的、蹬三轮车的……都得感谢张继老爷爷，他不仅是个诗人，而且是我们的衣食父母，是他养活了我们这些日益增多的人口。

文化人也可因此而扬眉吐气了，别以为"乱世文章不值钱"，这文章拐弯抹角地也可以产生巨大的经济效益。世界上没有一个大腕可以开创像寒山寺之类的"企业"，可以世世代代养活这么多的人口。何止一个寒山寺呀，"不识庐山真面目，只缘身在此山中"，庐山名声大振了。"两岸猿声啼不住，轻舟已过万重山"，长江三峡成了历代人们向往的旅游点。名山大川如果没有那么几句诗文来渲染的话，那无限的风光也只能是藏在深山老林里。"山不在高，有文则灵"。

　　远的不说了，就说近的。"老舍茶馆""咸亨酒店"……鲁迅和老舍可算是泽及乡梓了，特别是鲁迅笔下的孔乙己，这个被人打断了腿的穷酸却为他的子孙后代带来了十分可观的经济效益。"百无一用是书生"？不然，即使单纯地从经济角度来看，书生也是有用的，诗文也是有用的，只是有时候不能立竿见影而已。"文章千古事"，书生们又何必戚戚乎眼前，大可不必在孔方兄的面前低声下气，你手里的笔是一根巨大的杠杆，是可以把一座山托起来的！你手里的笔是一根魔棒，它可以化作一道长桥，一座比枫桥还硕大无比的长桥，让你的后来者从这顶桥上走向精神和物质都很丰富的明天！大可不必看见人家有了汽车洋房心里就酸溜溜的，更不可因此愤而弃笔。

　　不过，话也不能说死了，世界上能有几个人幸运如张继，这位老先生在唐代也算不上大名家，留下的诗只有十来首，官儿也是做得不大的，如果他写的不是《枫桥夜泊》而是《长桥夜泊》的话，人们早就把他忘记了。由此可见诗文的力量是跛足的，它必须和某种外因结合在一起才能产生社会效益和经济效益。文以人传，人以文传，寒山、拾得如果有知的话，他们会认为张继并没有什么了不起，是靠寒山寺而出名的，可能还要控告张继有某种侵权的行为。寒山、拾得也不要神气，你这寒山寺可算是得天独厚，因为寒山寺所处的枫桥镇当年是苏州的门户，是吴越沿大运河北上的必经之路。来往的客商、赴京的官员、赶考的儒生买舟北上时都是在枫桥镇歇宿、打尖，夜闻钟声当然是感慨万千，文思泉涌了，连陆游也曾写过："七年不到枫桥寺，客枕依然半夜钟。风月未须轻感慨，巴山此去尚千重。"来往的人多了，作文作诗的人多了，寒山寺才能名扬四海。改革开放了，旅游成了一种产业，寒山寺才能如此繁华，才能养活如此众多的人口，如果不赶上改革开放，如果大家连饭都吃不饱的话，那寒山寺也很寒碜，我曾经见过它的破败荒凉，连几个僧人也养不起。我游寒山寺似有一得，觉得世界上的事总是你中有我，我中有你。

还有一点是文人不能忘乎所以，可是说穿了以后你也不要泄气，你别以为那些经济效益都是你的诗文创造的，你的诗文对经济来讲只是起一种商标作用、广告作用。一部书稿能卖几十万、上百万册，真假且不去说它，即便是真的，那也不是出版社买的，是什么企业和公司买的，是在你的书上做广告。在中央电视台做几秒钟的广告就要几十万元，而且是一次性的。在你的书上做广告，一做就是十几年，便宜。文化搭台，经济唱戏，他唱的那个戏和你的文章的内容没有多大的关系，甚至是毫无关系。伟大的诗人如李白，也是被经营者当作幌子的，"太白遗风"是酒店而不是诗坛，好像李白不是一个诗人，而是一个酒鬼。李白倒也坦然，他早就看穿了，"古来圣贤皆寂寞，惟有饮者留其名"。他从不自暴自弃，但也有自知之明。

1994年9月10日

故乡情

　　一个人不管走到什么地方，总要想起自己的故乡，抬头望明月，低头思故乡；远行天涯常相问，何处是故乡？异国他邦，赏心乐事谁家院，不免又想起了自己的故乡……

　　故乡不是一个籍贯的概念，对许多漂泊不定的人来讲，故乡应该是童年或少年时代生活过的地方；故乡也不仅仅是一个村庄、一条小巷，而是在童年或少年时代曾经到过，并留下了难忘之情的地方。

　　按照我们家乡的习俗，孩子生下来之后要把胎盘埋在家前屋后的泥土里，这土地便称作衣胞之地。不管这孩子在这块土地上生活多久，这衣胞之地就算是他的故乡。

我的故乡不是苏州，虽然我在苏州已经生活了五十多年，可我的衣胞之地却是长江边上的一个小小的村庄，那村庄叫作四圩，属于江苏省的泰兴县。从"四圩"这两个字就可以看得出，这里是长江上围垦出来的圩田。当年开垦时无以名之，便用数字代替，有头圩、二圩……我的外婆家就住在八十三圩。

四圩离长江很近，小时候我站在家门口向南望，就会知道江水是不是猛涨，江水猛涨时大轮船好像是浮在江边人家的屋顶上，那大烟筒在江边的树林中移动。

用现在的眼光来看，当年的故乡是个很偏僻、很贫困的地方，因为村庄上的人大多是移民，是到这块新开垦的土地上来求发展的。我的祖父便是从江南的武进县迁徙到江北的泰兴来的。所以当年的四圩只有一户人家有三间瓦房，其余的人家都是草房。这种草房造起来很容易，草顶，墙壁是芦笆，在芦笆的外面再糊上一层泥。我家在村庄上算是中上，有六间草房。不过，你从远处眺望我们的村庄，看不见房屋，只看见一片黑森森的树木竹林。树木是农家财富的象征，如果一户人家有几棵合抱的大树，有一片茂盛的竹林，那就说明这户人家是殷实的，要不然的话，那树早就砍了，卖了，当柴烧了。

清晨和傍晚村庄很有生气，你可以看见那炊烟从树林间升起；早晨的炊烟消失在朝阳中，傍晚的炊烟混合在夜雾里。白天的村庄静得没有声息，只有几条狗躺在门口，人们都在田里。不过，如果有一个生客从村头上走过来的话，你可以听见那狗吠声连成一片。

我们的村庄排列得很整齐，宅基高于平地，那是用开挖两条小河的泥土堆集起来的。所以我家的前后都是河，屋前的一条大些，屋后的一条小点。这前后的两条小河把村庄上的家家户户连在一起。家家户户的门前是晒场，门后有竹园，两旁是菜地，围着竹篱笆，主要是防鸡，鸡进了菜园破坏性是很大的。童年时，祖母交给我的任务就是拿着一根竹竿坐在门口看鸡。小河、竹园、菜地，这就是农家的副食品基地。小河里有鱼虾、茭白、菱藕，竹园里有竹笋、蘑菇。菜园子里的菜四季不断，除掉冬天之外，常备的是韭菜，杜甫在《赠卫八处士》的诗中就写过"夜雨剪春韭，新炊间黄粱"。可见韭菜可备不时之需，何况春天的韭菜味极美。

那时候，我们家里来了客人也都是韭菜炒鸡蛋，再加上一些豆腐、鱼虾之类。农民很少有肉吃，当年的农村里有一个形容词，叫"比吃肉还要快活"，是形容快活到了极顶。可见吃肉是很快活的，不像现在有些人把吃肉当作痛苦。

农民要买肉需要到几里外的小街上去，买豆腐却不必。

村庄上有人专门做豆腐，挑着担子串乡，只要站在门口喊一声，卖豆腐的便会从田埂上走来做买卖，可以给钱，也可以用黄豆换。据说，磨豆腐是很辛苦的，有首儿歌里就唱过："咕噜噜，咕噜噜，半夜起来磨豆腐。"祖母告诉我说，三世不孝母，罚你磨豆腐。在当年的农村里，打铁、撑船、磨豆腐是三样最苦的活儿。当然，种田也是苦的，只有手艺人最好，活儿轻，又有活钱。所谓手艺人就是木匠、皮匠（绱鞋）、裁缝、笆匠……笆匠是一种当地特有的职业，他们是专门做芦笆墙和铺草屋顶的。多种手艺之中，以裁缝为上乘，裁缝坐在家里飞针走线，衣冠整洁，不晒太阳，最受姑娘嫂子们的欢迎，其中的原因之一是裁缝们大多会偷布，套裁一点零头布带回家，送给姑娘嫂子们做鞋面。有本事的裁缝远走上海和香港，他们回家过年时，讨鞋面布的人简直是门庭若市，因为在上海和香港能够偷到好料子，全毛华达呢、藏青毛哔叽、呢绒、法兰绒之类。在当年的农村里，如果能用全毛华达呢做一双鞋送给相好的，那比现在的意大利皮鞋还要高贵。

我总觉得农村里的孩子要比城市里的孩子自在些，那里天地广阔，自由自在。小男孩简直是自然之子，冬天玩冰，夏天玩水，放风筝、做弓箭、捉知了、掏鸟窝、捞鱼摸虾，无所不为。小小孩跟着大小孩，整天野散在外面，等到傍晚炊烟四起时，只听见村庄上到处有母亲在唤孩子："小登林、小根林，家来啦！"小登林、小根林回来了，像泥猴，有时候衣裳和裤子都撕破了，那小屁股上就得挨两记。

我家经常搬迁，但在我读初中之前，搬来搬去都在长江边，有时离长江远些，有时离长江近点。最近是在靖江县的夹港，离长江大概只有一两百米，每日清晨醒来和傍晚入睡时，都听见那江涛沙沙，阵阵催眠；狂风大作，惊涛拍岸，声如雷鸣，那就得把头缩在被窝里。

江河为孩子们带来无穷的乐趣，最有趣的当然不是游泳，游泳只是一种手段，捞鱼摸虾才是目的。捕捞鱼虾的手段多种多样，钓鱼是小玩意，是在天冷不宜入水的时候"消闲"的。用叉、用网、用罩，干脆用手摸，那比钓鱼痛快得多，而且见效快。家里来了客人时，大人便会把虾篓交给孩子："去，摸点虾回来。"或者是把鱼叉拿出来："去看看，那条黑鱼是不是还在沟东头。"会捞鱼摸虾的人，平时总记着何处有鱼虾，以备不时之需。

孩子们如果要取鱼去卖的话，那就得到芦滩里去找机会。江边的芦滩里有很多凹塘，涨潮的时候这些凹塘都没在水里，鱼虾也都是乘着潮水到滩上来觅食，退潮时便往水多的地方走，走着走着便聚集在凹塘里。取鱼的孩子便乘着退潮时去戽尽凹塘里的水，往往会大有收获，弄得好会捞起几十斤鱼虾。但也要有点本事，首先是要会选塘，要看得出哪一个塘里有丰收的可能，其次是要有力气，要赶在涨潮之前拼命地把塘水戽干，把鱼虾都收进竹篓，而且还要来得及往回逃，因为潮水涨起来很快，一会儿工夫便漫过下膝。我记得有一次在芦滩里迷了路，是背着虾篓，拉着芦苇，从港河里游回来的。江边上的孩子没有一个不会游水，水上人家的孩子游水和走路是同时学会的。

长江有时也会带来灾难，会咆哮，发大水，冲毁江堤，淹没房屋和农田。每年阴历的六七月是危险期。初一、月半如果是刮东南风，下大雨，潮水呼呼地涨，来不及退，大人们便愁上眉梢，夜里各家轮流上堤岸值班守夜，一旦出险便鸣锣为号。狂风大雨中那令人心惊肉跳的锣声是一种绝对的命令，锣声一响，各家的青壮年要全部出动，奔向险地。如果那锣声不停地响，说明险情严重，妇女、老人都要上堤，只有孩子们不上，因为那大浪扑向堤岸时有几丈高，会把孩子们卷走。江边上的人家有一种不成文的法律，如果有谁听见锣声不肯上堤的话，此人今后便会为人们所不齿，简直算不上是个人，婚丧喜庆，请人帮忙等等都会受到冷遇。

抢险也经常失败，眼看无法收拾时便有一个老人下令，各自回家收拾东西，把粮食和细软都搬至高处，准备家里进水。我记得我们家里曾经进过一次水，水把大门没掉了一半，划着木盆进出。大人们愁眉苦脸，孩子们却欢天喜地，因为水淹了一片西瓜地，成熟了的西瓜有的浮在水面上，有的沉在水底。种瓜的老人把浮在水面上的西瓜收集起来，沉在水底的瓜可以让孩子们去摸，谁有本事摸到了就归谁。孩子们早就垂涎着那些西瓜了，只因为老爷爷看得紧，平时难以得手，现在可以到水底摸瓜，把摘瓜和游泳集合在一起，何等有趣！我紧跟着大孩子们白天摸瓜，晚上捉虾。发大水的时候小虾特别多，一群群地在水面浮游。这种小虾在夜晚特别趋光，只要在水边点起一盏灯，灯光照着藏在水中的一只筛子。小虾成群集队地浮游过来了，在灯光下聚集，这时，迅速地把筛子提起来，小虾就躺在筛子上面，弄得好，一个晚上可以捕获几十斤。此种小虾晒干以后可以收藏，冬天用它来烧咸菜豆瓣汤很是鲜美……

我的童年和少年都是在长江边上的小村庄里度过的，我认为那些村庄是我的故乡，不管是看到海边的日出，还是看到湖上的月光，我都会想到那些长江边上的小村庄——我的故乡。

1997年7月22日

姑苏之恋

如果让时间倒流六十年，有人驾一叶扁舟，沿长江的北岸漂流而傍晚或清晨流经靖江县一个叫作夹港的地方时，他也许可以在一片芦苇后面的江岸上发现一个十多岁的孩子，那孩子呆呆地站在江岸上向长江的南岸眺望，望着天边的青山，望着南飞的群雁。

那孩子就是如今的我，一个年逾七旬的老头。我在长江的北岸长大，可却总是憧憬着南岸的天堂——苏州，天堂离我并不遥远，我的姨妈家就住在那里。

直到1944年，我因病到苏州来疗养，记不清是什么病了，只记得那望眼欲穿的愿望马上就要实现，病痛的有无实在是无关紧要的。

我穿着长衫，乘着一艘木船进入了苏州的山塘河，我的姨妈家就住在山塘河边。我到姨妈家只是稍坐片刻，便沿着山塘河向虎丘走去。

七里山塘到虎丘，这是当年苏州风光最有代表性的地方。我被这天堂的美景惊呆了：塔影、波光、石桥、古庙、河房……她的美妙超过了我的想象。我逛过了虎丘山又乘马车去寒山寺，看完了寒山寺意犹未尽，还到枫桥对面的小吴山上走了一趟。回来时已是万家灯火了，姨妈家的人急得团团转，不知道这乡下来的孩子出了什么事，至少是在苏州迷了路。

我不是迷了路，而是着了迷，觉得这苏州简直是一部历史书，一幅风景画。土生土长的苏州人也许会对苏州的景物有点儿司空见惯，可对一个在农村里长大，在小县城里读了几年书的人来讲，进了苏州真的有如进了天堂。更为有幸的是通过亲戚的关系我居然住进了耦园。当年的耦园是苏州著名的私家花园，在娄门小新桥巷。偌大的一个花园里只住了三四个借住的人，晚上我坐在池塘边的小亭中，见满园的萤火飞舞，听园内外的蛙声四起。蛙声时起时寂，阵起时有如雷鸣，沉寂时园中没有一点声息，只听见池塘里的鲤鱼在荷叶下面喋喋，萤火虫飞回池塘中，排成一条直线。楼上有位先生会拉二胡，他也是在养病，拉的是《病中吟》。我那时日夜读着小说，迷恋于各种文学作品，沉醉在梦幻般的天地里。文学与苏州的美景合成了一种针剂，把那艺术的基因注进了我的血液里，只是我当时毫无感觉，因为那药性还没有到发作的时候。

1945年抗日战争胜利后，我考进了苏州中学，这是我人生道路上的一个转折。从此我成了苏州的一个学生、一个居民。每年的寒暑假便在苏州四处游荡，看小说常常是看到天亮。

苏州中学在三元坊，隔壁是孔庙，对面是可园与沧浪亭，苏子美和沈三白的居住游乐之地，可我慢慢地对游乐失去了兴趣，通过生活与书本，对苏州、对社会有了进一步的理解，对社会认识也开始由表及里，觉得苏州也不是样样都好，普通老百姓也不是生活在天堂里，物价飞涨，民不聊生。冬天，玄妙观的屋檐下常有冻死的饥民，可那权势豪门之中，酒楼青楼之内，仍然是花天酒地，嫖娼宿妓。瘦骨嶙峋的黄包车夫，拉着大腹便便的奸商，一路疾走，气喘如牛，这是什么社会？我没有闲情去欣赏苏州的美景了，愤世嫉俗，忧国忧民。那个时代的先驱者发出了强大的声音：知识分子到民间去，到解放区去，去拯救劳苦大众于水深火热之中！

1948年的秋天，我动身去解放区了，临离开苏州之前还去了一趟虎丘山，站在虎丘山顶遥望苏州城区，暗自与苏州告别，大有风萧萧兮易水寒，壮士一去兮不复还的豪情。

壮士一去兮又回来了，时间只隔了不到一年，我随军渡江南下，又进了苏州，成了一名新闻记者。当了六年的新闻记者之后，当年的艺术基因终于药性发作，鬼使神差，竟然写起小说来了。

那时候写小说也不管什么流派不流派，只知道小说是写实的，所谓写实就是写自己所熟悉而真实存在过的事情。苏州解放前后的事情我熟悉的很多，当然就会涌到我的笔下来，从某种意义上来说，不是我写苏州，实际上是苏州在写我。

我写《小巷深处》时，并非故意想要创造个什么"小巷文学"，也没有想到要在大写工农兵、大写英雄的时代别出心裁来写一个妓女从而引起轰动（现在不会轰动），实在是因为解放初期我采访过苏州市的妇女生产教养院。

解放初期的扫黄是很厉害的，几乎是在一个晚上便把全市的妓女都抓起来，关进了昌善局内的妇女生产教养院。当然，抓她们并不是要惩罚她们，她们在旧社会里大都是被逼为娼，是些被侮辱被损害的人，新社会要把鬼变成人，抓她们是为了救她们，把她们集中起来学习，医治性病，控诉旧社会，然后把她们分配到各个工厂里去做工，做一个自食其力的新人。当时我对妇女生产教养院进行过连续报道，还拍过许多照片，印象是十分深刻的。

过了若干年，大概是1955年的国庆节的前夕。按照惯例，每逢国庆节的时候都要报道一些各方面的成就。我突然想到那些变成了新人的妓女，她们现在都怎么样了？应该是有了一个幸福的家庭，过上了幸福的生活吧。这是一个很能反映新社会成就的事例，应该选择典型，加以报道。

我很快便查找到一个人，这人当年是妇女生产教养院的学习组长，在某厂做工，已婚，有了孩子，当上了先进生产者，住进了新工房，实在是一个理想的采访对象。我骑上自行车直奔这位女工的家。这位女工还认识我，可是见了我之后就有点不大自在，知道我要报道她的事迹以后吓得面无人色，连忙把我拉到门外面，四顾无人，对我恳求，千万不要报道她的"先进事迹"，因为她的婆婆、她的左邻右舍都不知道她曾经当过妓女，万一登上报纸，她就无地自容了。我也吃了一惊，差点儿又把人家推进了火坑，连忙骑上自行车溜之大吉。

报道没有写成，这件事却使我久久不能平静，原来由鬼变成的人却也不能完全摆脱那跟在身后的鬼影。我当年写小说除掉有名利的追求之外，更有对真善美的向往，也像当年要去拯救劳苦大众一样，要用艺术为善良的人去谋求一个公正的社会和幸福的人生。

我要为那位曾经卖身为娼的女工去追求幸福的人生了，便拿起笔来写《小巷深处》。有人说我在《小巷深处》里把苏州写得很美，使人通过这篇小说而爱上了苏州；又说"小巷深处"这四个字也很美，现在已经成了常用词了。其实，这些也不能完全归功于我，如果忽略了人间各种痛苦的话，苏州确实很美。"小巷深处"这四个字也是从陆游的诗句"小楼一夜听春雨，深巷明朝卖杏花"中衍变而来的，所以想到如此的衍变，那也是因为我在苏州走过的大街小巷太多了。我走过铺着碎石的小巷，走过铺着石板的小巷，那石板的下面还有流水淙淙作响；我走过那长满青苔用侧砖铺成的小巷，小巷的两边是高高的围墙，墙内确有红杏伸出墙外，一夜风雨过后，小巷里落红满地。苏州人不卖杏花，可那卖白兰花的叫声却是十分动听的。陆游的诗篇、苏州的景物帮助我找到"小巷深处"这四个字作为小说的标题。

我熟悉小巷深处的各种人物，也知道这些人在解放前后的变迁。我认识现今成了女工的妓女，也记得她们在解放前站在昏暗路灯下的情景。我住过耦园，也知道苏州的各个园林，那留园的假山、西园的茶社，这一切都会自然而然地进入我的小说。我不能把我要写的人物放到大海之滨，因为我不知道大海的涛声在深夜里是低诉还是轰鸣，可我知道那卖馄饨的梆子在深夜的空巷中会发出回声。当我在艺术的幻想中拼命地搜索我的人物的踪影时，那客观的存在就会把我的各种想象吸附过去，让天马行空的艺术想象找到一处歇脚的地方。

在写《小巷深处》之前，我也曾写过一些类似通讯报道式的所谓小说，写一些社会生活表层的掠影，说明一些简单的流行观点。从写《小巷深处》开始，便开始研究社会，研究人生了，开始从拯救劳苦大众转向拯救痛苦的灵魂。此念萌生之时，适逢1957年那个思想解放的春天，那时我离开了新闻工作岗位，到南京去当专业作家。在南京与几位同行一起"解放思想"，觉得文学不能只是在生活的表面撇油花，要勇敢地去探求社会，探求人生。几个人一时兴起，决定要办一份同人刊物来弘扬我们的宗旨，发表我们的作品。刊物定名为《探求者》。

刊物还没有来得及出版，反右派斗争就开始了，《探求者》被打成反党集团，各位探求者一一坠入深渊，开始了各自的人生的探求。

我开始上下而求索了，上天有好生之德，每当我在危难之时，总是有好心人在暗中助我一臂之力，让我回到苏州，下放到工厂里劳动锻炼，改造思想，没有把我送进劳改农场。如此上下过两次，在苏州的工厂中当学徒，当工人，前后将近六年。

到了"文化大革命"期间，又把我从工厂中拉出来批斗一通，行礼如仪之后又纳入了下放干部之列，到苏北的农村里去安家落户，限于五天之内全家离开苏州。

这一次临离开苏州之时，我没有到虎丘山去向苏州城告别，也没有了那风萧萧兮易水寒，壮士一去兮不复还的豪情了，只觉得是前途茫茫，此一去将老死他乡；对于曾经苦苦追求过的文学不再存有什么希望，而且还有一种反感，觉得文学只不过是一种工具，作家们被逼得用作品在那里进行政治投机，投中了声名显赫，投错了就由人变成了鬼。老死荒村去吧，中国如果还有一点希望的话，这一切总是要改变的，物极必反，是历史的规律，问题是能否活着见到那一天。那时候我也和许多人一样，暗中在和某些人进行着生命比赛，看谁能活得长点，活得长点的人就有可能见到黑暗的终点，怕只怕这终点和墓地也差不了几公里。可我那时还很有信心，因为当我暮投荒村的时候只有四十岁。

"四人帮"垮了，那种极端的邪恶也只是猖獗了十年，我有幸在见到终点的时候离开墓地还有好大的一段距离，感谢苏州又一次接纳了我这个归来的浪子，五十岁上又回到了这座美丽的城市。

文学对我来说已经十分生疏了，十多年中基本上不用笔，许多常用字都想不起来了，更忘记了那小说是怎么写的，像一个戴了十多年镣铐的人连正常的走路都不会了。好在文学也像某种病毒，它在侵入人体之后便会潜伏在血液里，一旦受到某种激发，它会立即使得你血液沸腾，不能自己，忍不住要用艺术的琼浆来浇胸中的块垒。三十年来家国，多少遐想与期待，辛酸与眼泪，我与苏州人共同走过了这天翻地覆、光荣屈辱、高尚卑微、荒唐正经的三十年。包括我自己在内，几乎是人人都想说话，都要向生活提出问题。我用挣脱了镣铐的手，握住了生疏的笔，开始了我的文学道路上的第二次跋涉。

这不是写《小巷深处》的年代了，二十年的风雨荡涤了那种天真的纯情的追求，代之而起的是一种自以为是的使命感。想要写出这一代人的艰辛、迷惘与追求，带着无可奈何的嘲讽与淡淡的哀愁。一种强大的力量推动着我进行了十多年的冲刺，我把自己所经历的各种人与事，一一加以审视，对受难者寄予同情，对卑劣者进行讽刺。我本来想开辟一个"特别法庭"，来对那些卑劣者进行审讯。结果是未能进行到底，原因是真正需要受到审判的人，我对他们并不熟悉，我所熟悉的一些小人物，他们大多是上当受骗，只是为了一点起码的生存空间，一点可怜的私利，小偷小摸，罪行轻微，连主审的法官也不能自免。"特别法庭"应该变成研讨会，大家向前看，来清扫前进道路上的垃圾。

我慢慢地停了下来，想想看看当今，重新思考，再发起新一轮的冲刺！不行了，年逾七旬，疾病缠身，精力不济，老骥伏枥，主要是休息，能写则写点，不能写就做一点写作之外力所能及的事。记着鲁迅先生的教导：写不出来的时候不要硬写。我总觉得，一个作家是属于一个时代的，他不能包写一切。

1999年7月2日

送评弹进万家

苏州评弹是一种有顽强生命力的艺术，她来自民间，扎根于民间，经过历代艺人的丰富与发展，日臻完善，登峰造极；很少有哪一种表演艺术像苏州评弹这么风格多样，流派纷呈，简直是一个名家便是一种唱腔、一个流派。

我一直把苏州评弹当作口头文学，当作有声有色的小说；学习它语言的幽默生动，学习它叙事、结构和刻画人物的各种手法，在欣赏之中获得多种教益。苏州人向评弹学习语言的恐怕不止我一个，形容一个苏州人讲话幽默生动，便说："他讲话像个说书先生。"也许，那人讲话的本领倒真是从说书先生那里学来的。

现在，从表面上看苏州评弹是衰落了，书场所剩无几，随着小茶馆的消失，街头巷尾再也听不到琵琶叮咚了。此种现象的产生不能完全归咎于评弹本身，而应该看作是一种现代生活方式、现代传播手段所导致的尴尬局面。是的，书场是减少了，现有的几家书场生意也不是太好，但这不等于评弹听众的减少。评弹的老听众老矣，但由于生活境遇的改善，大都还活得好好的，而且有的是空闲，难道他们就不想再听评弹了？不，还在听，只是不到书场里去听罢了。何也？环境变了。去书场的路简直成了畏途，满街满巷都是车辆，还有哪个老年人、中年人有那种兴致和胆量敢于荡马路荡到书场里去？打的，花钱。乘公共汽车，不便。更何况许多老人都随儿女去了新区，那里连五楼、六楼都没有电梯，他们只能在家里听评弹了，依靠那只半导体收音机。我们现在穿过偏僻的小巷时，还可以看到那大门堂里有个老头，面前放着一杯茶，一只收音机，收音机里传出琵琶叮咚，评弹演员正唱得婉转悠扬，回肠荡气。电台的同志都知道，评弹的收听率是相当高的。如果二三十年前有评弹听众的统计数字的话，现在空中的听客恐怕也不会少于从前。

青年人不怕路途难，他们为什么不进书场呢？原因很简单，现代的娱乐方式太多了，不像从前，小孩都是跟着父母或阿爹好婆到书场里去吃零嘴，吃吃听听便听出了味道，听出了门道，养成了习惯。现在的青少年看电视、看电影、跳舞、卡拉OK、VCD，还有网上冲浪的，赶新潮还来不及，谁还有耐性听书去？所以说评弹真正的衰落不是老听众的减少，而是青年人不听。青年人说现代的生活节奏很快，没有时间到书场里去坐两个钟头。这话也不能一概而论，在电视机前一坐两个钟头的青年人还少吗？由此可见，评弹的主要问题恐怕也是一个传播方式的问题。在某种生活环境下所产生的艺术，它的传播方式、表现方法等等，都必须随着环境的变化而改变，这是不以人的意志为转移的。

其实，正如前所述，评弹的传播方式早在几十年前就在悄悄地改变了，开始从书场里走出来，上天，通过电波传入千家万户。但是，收音机里听评弹是只闻其声，不见其人，那评弹的妙处就失去了一半。

来了，苏州电视台来弥补这一缺陷了，开办了《苏州电视书场》，至今已满一千期，从电视里把评弹送入千家万户。这是一件功德无量的事情，此种传播方式的采用，很有可能使评弹"起死回生"！生活环境的改变使得书场听客寥寥，通过广播又是只闻其声不见其人，电视可是有声有色的，你可以足不出户，坐在沙发上，通过《苏州电视书场》来欣赏苏州评弹，你所喜爱的演员就像是坐在你的面前，那一场精彩的演出就像是特地为你而设的。此种效果随着电视机的屏幕不断地加大，随着数字电视、立体电视的出现，还会更臻完善。在各种表演艺术中，评弹特别适合于从电视里传播，因为其他的表演艺术都有一种所谓的剧场效果、舞台效果，此种效果只有身临其境才能领略得到，因为你没有办法把一个庞大的舞台搬到你的客厅里来。评弹谈不上什么舞台，从前的小茶馆里，说书先生只是坐在一张较高的凳子上，面前放一张方桌子而已。也就是说，评弹通过电视的传播，其流失的效果是极少的；问题还不在于此，更重要的是通过《苏州电视书场》能培养出新的听众——青少年。青少年跟着阿爹好婆看《苏州电视书场》，看着、听着，看出点门道来了，听出点味道来了，便很有可能成为评弹爱好者的后备军。

苏州是个文化的百宝箱，评弹和昆曲是箱中的两颗珍珠。昆曲要高养，评弹要普及。评弹如果能与电视联姻，振兴与普及是有可能的。从振兴评弹的目标出发，苏州电视台不妨作一点尝试，把长篇评弹当作电视连续剧来放，抽掉一些武侠神仙、无聊搞笑的连续剧，放一些与苏州有关的长篇评弹，比如说《玉蜻蜓》吧，适当地采取一点MTV的手法，说到山塘的时候插山塘，说到南濠的时候插南濠，桐桥现在没有了，那就插进老照片。说书先生可以借题发挥，这对丰富苏州人的历史知识，保护历史文化名城都是有益的。把长篇评弹当作电视连续剧来放，照样插广告（少一点），把租用电视连续剧的片酬当作评弹演员的报酬（哪怕打八折），这对评弹本身的发展无疑会有很大的推动力，只是要注意挑选书目和演员，以视听效果为第一，绝不能搞平衡，拉关系，门户之见，地方主义，后台十分热闹，观众逃之夭夭。

1999年11月21日

人造的自然

　　从世界的范围来看，苏州园林曾经是一颗蒙尘的珍珠。在本世纪之初，外国人除掉一些传教士之外，对苏州的园林知之甚少；即使在中国，除掉一些文人雅士之外，在一般的市民中知名度也不太高。"上有天堂，下有苏杭"，评弹开篇里唱到苏州和杭州时，却是唱："杭州有西湖嘛，苏州有山塘呀……"把苏州的七里山塘和杭州的西湖媲美，并不把苏州的园林放在心上。原因也很简单，因为苏州的园林都是私家花园，搭弗够的人不能进去。七里山塘到虎丘，从唐代开始，直到虎丘路修通之前，山塘街都是繁花似锦，风光旖旎。《姑苏繁华图》后半部所画的也是山塘街。苏州的园林可以说是"养在深闺人未识"。随着时间的推移，豪门世家衰落了，那养在深闺的苏州园林也渐渐地衰落了，荒芜了。半个世纪之前我见到苏州的园林时，保存得较为完好的只有耦园等少数的几个小园林，目前列入世界文化遗产的四大名园都已经是面目全非或是荒芜不堪了。最著名的留园只有石头完好（假山也有倒塌的），其余的亭台楼阁都已门窗全无，歪斜倾圮，那使苏州人骄傲的"江南第一厅"变成日本兵养马的地方，马系在厅堂里的楠木柱上。日寇投降后无人喂马了，饿马把楠木柱都啃得只剩下碗口粗，现在的黑漆庭柱都是经过能工巧匠们处理过的。

应该说，苏州人在保护和修复园林方面是尽力的、虔诚的，是当作艺术品来修复的。有人说苏州园林也只有苏州人能保存得如此完整。这话倒也不一定是恭维，苏州确实有那么深厚的文化基础，有一大批学者专家、能工巧匠、园艺爱好者、高明的领导人，都为保护和修复园林竭尽全力。特别是在修复时没有用朱红赭黄，没有用钢骨水泥，没有自作聪明地加进什么现代气息。

人是自然之子，不管他有多狠，总是离不开山水草木、阳光空气，一旦和自然疏远了，就要想办法亲近点，去游山玩水。游山玩水也很劳累，何不造个园林，在其中暂住或久留，用现在的话说叫回归自然。

中国人造园林，外国人也造园林，每个国家、每个地区的园林都是各有个性，风格迥异。欧洲人造园林讲究大，大片的林木、河流、草坪、修剪整齐的长绿树，平坦开阔，一目了然，从某种意义上说是圈下了大片的自然景色加以修整，再造一个庄园在林间或水边。

苏州人造园林正好相反，是真正的"造"，是小中见大，人造自然，几乎是在平地上造出了山林沟壑、曲桥流水，把大自然浓缩于小小的园林之中，虽然是假山假水，却要力求其真实自然，而且是把住宅融入园林之中，以求天人合一。这是中国人的哲学思想和艺术观点的集中表现，在世界上独一无二，自成一体。文化贵在于创造，贵在于独特，有创造性的独特艺术，才能进入世界文化的宝库。联合国教科文组织也正是看中了这一点，把苏州的四大名园列入世界文化遗产名录而加以保护，保护这独特的艺术，保护人类共同财富。

苏州的园林还有一个特点，它不是个别的、单独的，而是一个群落，它散布在苏州的城里城外，散布在城乡各地，仅仅把四个园子列入世界文化遗产名录也难见其全貌。听说正在申请第二批的园林再列入世界文化遗产名录，但愿能够成功。

1999年11月29日

写写
文章的人

苏州人懂吃，吃得精，吃得细，四时八节不同，家常小烹也是绝不马虎的。

哭方之

　　一团火，一把剑，一个天真的孩子，这就是我所熟悉的方之。如今，火灭了，剑入鞘，天真的孩子回到了大地母亲的怀抱，方之死了！

　　他不该死，不能死，也不应当死；即使每个人都免不了死，他也死得太早。他才四十九岁啊！难道不能让他多活一个月吗？让他开完了第四次文代会再死，他心中有话积了二十多年，他想说，他要说，他想在第四次文代会上说说，至于说了是有用还是无用，他是在所不计的。现在，他来不及说了，而且谁也不能用自己的思想去代替他的语言，一个作家的语言，鲜明准确，尖锐泼辣。尽管这种语言并不如音乐那么美妙，要是能让他说说也是有好处的，可以发聋振聩，切中时弊。尽管他说的话也不是完全正确，绝对正确的话是从来就没有的；尽管他说的话也没有什么大的用处，小用处总有一点吧，大用处都是小用处相加起来的。

方之死了，他死得太早。当他忍受不了欺凌和侮辱的时候他想死，可却奇迹般地活了下来；当他想挺起手中的剑向前冲刺的时候，却一个踉跄便倒了下去再也爬不起来，这对一个战士来说是莫大的悲哀。略可告慰的是他总算能够捂着血流如注的伤口，坚持到一举粉碎"四人帮"，用他熟练的枪法，用血与火向那些万恶的东西狠狠地打出了两枪，写了《内奸》与《阁楼上》。我读了《内奸》以后惊叹不已，觉得这是一堆火，是一堆燃烧到十分旺盛与白炽的火。我希望这堆火烧得更旺些，把他那些和我谈过的题材一个个地写出来。可我劝他休息，那时候我已经看到有一个死神在这堆火的旁边跳舞、徘徊。这死神仿佛在等待着这堆火燃烧得由旺盛、白炽而骤然熄灭。

我看到死神在方之身边跳舞，是在刚刚粉碎"四人帮"的时候。因为我和方之在筹办《探求者》同人刊物的时候，曾经和姚文元有过一段交往。和这种"名人"是不能交往的，当他红得发紫的时候我们就发了黑，当他发了黑的时候，我们却又要被请去说清楚问题。

那是一个大雪天，我被传唤到南京时天快要亮了，房间里残留着火炉的热气，灯光下一个佝偻、瘦弱的老头向我奔过来，紧紧地拉着我的手，不停地喘着气，这就是方之。这已经不是我所想念的方之了，我所想念的方之是身强力壮、不知疲倦、不肯停息的青年。十年的浩劫把一个青年折磨成一个老头！

南京的大雪还在下着，我和方之踏着大雪在虎踞路的斜坡上向前走，我已经把脚步放慢到了最低的速度，可是方之还喘气，连说几次："慢点，再慢点。"那时候我已经感到方之面前的路可能不是太长的了，雪花打在我的脸上，化成了水珠和泪珠一齐往下流。我们两个在共同的、坎坷的道路上走了二十多年，现在，面前的路开始平坦了，千万不能在胜利的时刻埋葬同伴的尸体！

千万不能的事情往往是千真万确的，当我想和方之一起去参加全国第四次文代会时，却不得不泪如雨下地站在方之的遗体前，老天爷是不公平的！

1979 年 10 月

心香一瓣祭程小青

　　一个正直而勤恳的作家，当他快要走完自己的创作之路时，总有一个心愿：希望自己的劳动成果、自己的作品能够为世所知，能够部分地流传下去，因为创作的目的本来也就是为别人，为后世。

　　记得是1957年春天，我和程小青先生一起到连云港去参观旅游。那时候程先生是六十三岁，我是二十九岁，我把他当作父辈，上车下车，登山傍水，都要照顾他点。可他的游兴比我高，爬险坡、下矿井，无处不去。我爬高时往往只爬一半，便坐在大青石上休息，并且劝程先生也不要爬，太累。程先生却喘着气从我的身旁走过："你不上去下次还可再来，我不去以后就没有机会了。"我听了程先生的话便一跃而起，跟着程先生爬上山巅。在山巅上瞭望大海时，程先生便对我吐露了他的心愿："我的时间已经不多了，再也不能写更多的东西，唯一的希望就是能把以前的作品整理一下，重印一次。"我知道程先生所说的作品是指他毕生经营的《霍桑探案》，这套书我小时候曾经部分地读过。我觉得侦探小说对培养人们的正义感、逻辑力，启迪智慧，养成坚韧的性格等等都是有作用的。当时便自告奋勇，不自量力，要为程先生争取一个再版的机会。

机会来了，出版社邀请作家们开座谈会，征求对出版工作的意见。我在会上便大声疾呼，要为程小青先生出一套选集，从出版的意义一直讲到封面设计，以及如何发新书预告等等的细节。当时大家听了都很感兴趣，而且认为销售一二十万册没有问题。想不到紧跟着就是反右派，书没有出得成，我却成了反党集团分子，要为程小青先生出书也成了我的罪状之一。当然，我之所以倒霉并不是因为要为程先生出书，提到这件事不过是为了凑材料来增加我的罪状而已。

程小青先生是个正直而善良的人，他与人交往无所企求，毫不势利，而且以能够帮助别人当作自己的快慰。对于文艺界的后辈更是关怀备至，致及饮食与冷热。当我发表了一点作品，受到一些称赞时，他便十分高兴地写一首诗给我，而且亲自拿着诗爬到我的小楼上来。我居的小楼只有朝西朝北的窗户，夏天热不可当，汗水把稿纸湿透。程先生还教我一种防暑降温的方法，教我在清晨时用棉花胎把窗子遮起来，再吊几桶井水放在房间里，开着灯写东西。1957年之后我倒了霉，被下放到苏州的一家工厂里当学徒。那时候，犯了"错误"的人都觉得无颜见江东父老，江东有些父老见了我也有些尴尬似的。程先生却不然，他骑着自行车从大街上走过，见了我不是点头而过，而是老远便跳下车来，站在马路上和我谈半天，询问我劳动与生活的状况。他知道我的工资被降了两级，所以一再问我缺不缺钱。有一次，他竟为此事爬到我的小楼上来，认真地对我说："你到底要不要钱？我有钱，你随时随地都可来拿，还不还都可以。"我总是回答说："不需要，活得下去。"

有一次我们在一起开会，闲聊，谈到我在工厂里劳动时最怕的就是迟到，做夜班和中班时都是提心吊胆，生怕睡过头。程先生说："你为什么不买一只闹钟呢？"我随口回答了一句："没有钱。"程先生随即掏出钱来："拿去，买一只带回去。"过了几个月，当我把钟钱还给他时，他却说根本没有这回事，说我从来没有向他借过钱。幸亏有周瘦鹃先生在旁边做证，他才勉强地把钱收回去。这只双铃马蹄表陪伴着我度过了许多艰难的岁月，也联系着我与程小青先生之间的老少情谊。不管文艺界是如何的一时风起，一时浪歇，我们之间都保持着联系。他经常爬到我的小楼上来，我也经常到他的书斋里去。春秋之日他家里的花儿开了，我便带着女儿到他家看花去。程师母最欢喜孩子，去了以后总是把许多糖果塞在孩子的衣袋里，临走的时候还要采几枝大理菊，让孩子捧着带回去。我欢喜坐在程先生的书斋里，听他谈侦探小说的理论，以及他生活与创作的经历。我觉得他是个人道主义者，总是用一种善良的目光打量着这个世界，对人诚恳而宽厚，富于同情心。我尊重他的为人，尊重他的作品，总觉得他的旧作没有再版的机会有点儿说不过去。文艺是个百花园，每一种花都应当有开放的权利，不必去厚此薄彼。我们常常讲文学的主流，却常常忘记不是每一个读者都饮长江水，而那长江也是由许多大河汇合而成的。程先生是中国侦探小说的鼻祖，他的作品是应该得到尊重，得到承认的。到了1963年，文艺界的形势有点好转了，我便向程先生建议，建议他把《霍桑探案》整理一下，做一些必要的文字修改，争取出版的机会。程先生说他也有此种想法，正在整理。有一次我到他的书斋里去，确实也看到他在旧版本上修改，字小得像蚂蚁，比蝇头小楷还要小一点。

文艺界的风云又起了，1964年文艺整风，我又倒了霉，又下放到工厂里去劳动。紧跟着便是"文化大革命"，程先生也倒了霉，抄家、批斗，我们两个人不能来往了，只有一次，在开明大戏院开上千人的批斗会，我和程先生被押上台去，两个人匆匆地见了一面，不能交谈，因为有人监守在旁边。从此以后我全家被下放到黄海之滨去了，两人不通消息，他不知道我到哪里去了，我也不知道他的日子是怎样度过的。

不觉又过了八年，就在"四人帮"被粉碎的前夕，我因事回了一趟苏州，打听到程先生还住在望星桥堍，便去探望他。我觉得别处可以不去，程先生那里是非去不可的，他已是风烛残年，见一面是一面。

程先生的家在望星桥堍沿河边，在一条非常狭窄的一人弄里，长长的弄子里只有他一户人家，大门就在弄子底。文艺界的朋友们常说，程先生的家像个写侦探小说的人住的，深邃而有点神秘。我走完了那条长着青苔的小弄，叩门，希望能像当年那样，来开门的是位老保姆，或者是程师母。叩了半天，想不到来开门的却是程先生自己。我见了程先生十分吃惊，他已经老态龙钟了，耳朵也有点不便。他已经认不出我了，待我大声通报了姓名之后他才猛然想起，紧紧地拉着我的手，问长问短，询问江苏文艺界的老朋友都在哪里，恍如隔世似的。我打量着程先生的家，已经面目全非，他的书斋和小楼都被人占了，花草与盆栽都不见了，只有种在地上的迎春柳还是长得青青的。当我正要向程师母请安时，抬起头来却看见程师母的遗像挂在墙壁上面，这位慈祥的老人已经去世了多日。我为程先生担心了，觉得他经不起如此严重的打击。程师母的一生都在精心地照料着程先生，对程先生的饮食起居照料得细致入微，家里也是收拾得井井有条的。如今，程先生却被挤到一个小房间里，房内空空，只有一张小床，还有一辆他心爱的兰令牌自行车放在床边，车上落满了尘灰。程先生的书籍和手稿都被抄光了，连那张写字台也不见了，只有一张小桌子放在堂屋里。他订了几份报纸，整天在那里翻来覆去地看，并且把几位能通信的老朋友的地址抄在一张纸上，轮着向老朋友写封信或写首诗，以消磨时日。我想起他的书，想起他要重印《霍桑探案》的事，仿佛是一场幻梦似的。我不忍在他家久坐，谈了个把小时便起身告辞。程先生要留我吃饭，可我们都同时抬起头来看看程师母的遗像，如果她还健在的话，一切都已准备好了。

程先生把我送到大门口，说了一句十分伤心的话："文夫兄，这是我们最后的一次见面了，你多保重。"我忍着眼泪匆匆握别，从那条狭弄中走出去，走了一段回头看，见程先生还呆呆地站在那里。程先生的话不幸而言中，就在我探望他之后不到两个月，他便逝世了，没有能亲眼看到"四人帮"的粉碎。

粉碎"四人帮"后的这些年，我一直记着程先生当年与我登高山而瞭望大海时吐露的心愿，一直记着他站在大门口送别我的情景。我总觉得他对我有所嘱托，总觉得他的遗愿未能实现时，作为后辈于心有愧。所以我一直在寻找机会为程先生出一套选集。如今，这个愿望终于部分地实现了。程老，望你在九泉之下安息。

1985年5月3日

乡曲儒生

我六岁的时候开始读书了，那是1934年的春天。

当时，我家的附近没有小学，只是在离家二三里的地方，在十多棵双人合抱的大银杏树下，在小土地庙的旁边有一所私塾。办学的东家是一位较为富有的农民，他提供场所，请一位先生，事先和先生谈好束脩、饭食，然后再与学生的家长谈妥学费与供饭的天数。富有者多出，不富有者少出，实在贫困而又公认某个孩子有出息者也可免费。办学的人绝不从中渔利，也不拿什么好处费，据说赚这种钱是缺德的。但是办学的有一点好处，可以赚一只粪坑，多聚些肥料好种田，那时没有化肥。

我们的教室是三间草房，一间作先生的卧室，其余的两间作课堂。朝北篱笆墙截掉一半，配以纸糊的竹窗，可以开启，倒也亮堂。课桌和凳子各家自带，八仙桌、四仙桌、梳桌、案板，什么都有。

父亲送我入学，进门的第一件事便是拜孔子。"大成至圣先师孔子之位"的木主供在南墙根的一张八仙桌上，桌旁有一张太师椅，那是先生坐的。拜时点燃清香一炷，拜烛一对，献上供品三味：公鸡、鲤鱼、猪头。猪头的嘴里衔着猪尾巴，有头有尾，象征着整猪，只是没有整羊和全牛，那太贵，供不起。

我拜完孔子之后便拜老师，拜完之后抬头看，这位老师四十来岁（那时觉得是个老头），戴一副洋瓶底似的近视眼镜，有两颗门牙飘在外面。黑棉袍、洗得泛白的蓝布长衫，穿一条扎管棉裤，脚上套一双"毛窝子"，一种用芦花编成的鞋，比棉鞋暖和。这位老师叫秦奉泰，我之所以至今还记得他的名字，那是因为我曾把"秦奉泰"读作"秦秦秦"，被同学们嘲笑了好长一阵，被人嘲弄过的事情总是印象特深。

秦老师受过我三拜之后，便让我站在一边，听我父亲交代。那时候，家长送孩子入学，照例要做些口头保证，大意是说孩子入学之后，一切都听先生支配，任打任骂，家长绝无意见，绝不抗议。那时的教学理论是"玉不琢不成器",所谓琢者即敲打也。

秦老师也打人，一杆朱笔、一把戒尺是他的教具。朱笔点句圈四声，戒尺又作惊堂木，又打学生的手心。学生交头接耳，走来走去，老师便把戒尺一拍，叭的一响，便出现了琅琅的读书声。

秦老师教学确实是因材施教，即使是同时入学的学生，课本一样，进度却是不同的。我开始的时候读《百家姓》《三字经》。每天早晨教一段，然后便坐到课桌上去摇头晃脑地大声朗读，读熟了便到老师那里去背，背对了再教新的。规定是每天背一次，如果能背两次、三次，老师也不反对，而是加以鼓励。但也不能充好汉，因为三天之后要"总书"，所谓温故而知新，要把所教的书从头背到尾，背不出来那戒尺可不客气。我那时的记忆力很好，背得快，不挨打，几个月之后便开始读《千家诗》《论语》。秦老师很欢喜，一时兴起还替我取了个学名叫陆文夫，因为我原来的名字叫陆纪贵，太俗气。

我背书没有挨打，写字可就出了问题。私塾里的规矩是每天饭后写大、小字，我的毛笔字怎么也写不好，秦老师开始是教导我："字是人的脸，写得难看是见不得人的。"没用。没用便打手心，这一打更坏，视写字为畏途，拿起毛笔来手就抖。直至如今，写几个字还像蟹爬的。

秦老师是个杂家，我觉得他什么都会。他写得一手好字，替人家写春联、写喜幛、写庚帖、写契约、合八字、看风水、念咒画符、选黄道吉日，还会开药方。他的桌子上有一堆书，那些书都不是课本，因为《论语》《孟子》之类他早已倒背如流，现在想起来可能是属于医卜星相之类，还有一只罗盘压在书堆的上面。秦老师很忙，每天都有人来找他写字、看病，或者夹起个罗盘去看风水，所以常有人请他去吃饭，附近的人家有红白喜事，都把老师请去坐首席。

抗日战争爆发以后，办学的农民怕出事，把私塾停了。秦老师到另外的一个地方去授馆，那里离我家有十多里，穷乡僻壤，交通不便，可以躲避日寇。秦老师事先与办学的东家谈妥，他要带两个得意门生作为附学（即寄宿生），附学的饭食也是由各家供给的，作为束脩的一部分。一个附学姓刘，叫刘国培，比我大五六岁，书读得很好，字也写得很漂亮，秦老师来不及写的春联偶尔也由他代笔。此人抗战期间参加革命，后来听说也是做新闻工作的。还有一个附学就是我了，那时我才九岁，便负笈求学，离家而去，从此便开始了外出求学的生涯，养成了独立处理生活的能力。

新学馆的所在地确实很穷，偌大的一个村庄，有上百

208

户人家，可学生只有十多个。教室是两间土房，两张床就搁在教室里，我和姓刘的蜷睡一张竹床，秦老师睡一张木床，课桌和办公桌就放在床前。房屋四面来风，冬天冻得簌簌抖，手背上和脚后跟上生满了冻疮，冻疮破了流血流脓，只能把鞋子拖在脚上。最苦的要算是饭食了，附学是跟随先生吃饭，饭食是由各家轮流供给，称作"供饭"。抗战以前供饭是比较考究的，谁家上街买鱼买肉，人们见了便会问："怎么啦，今朝供先生？"那吃饭的方式确实也像上供，通常是用一只长方形二层的饭篮送到学校里来，中午有鱼有肉，早晚或面或粥，或是糯米团子、面饼等。我走读的时候同学们常偷看先生的饭篮，看了嘴馋。等到我跟先生吃供饭的时候可就糟了，也许是那个地方穷，也许是国难当头吧，我们师生三人经常吃不饱，即使吃不饱也不能吃得碗空钵空，那是要被人家笑话的。有一次轮到一户穷人家供饭，他自家也断了顿，到亲友家去借，借到下午才回来，我们师生三人饿得昏昏。这是我第一次体验到饥饿的滋味，饿极了会浑身发麻、头昏、出冷汗。当然，每月也有几天逢上富有的人家供饭，师生三人可以过上几天好日子，对于这样的日期，我当年记得比《孟子》的词句都清楚。

日子虽然过得很苦，可我和秦老师的关系却更加密切，毛笔字还未练好，秦老师大概见我在书法上无才能，也就不施教了，便教我吟诗作对，看闲书。吟诗我很有兴趣，特别是那些描绘自然景色的田园诗，我读起来就像身历其境似的。作对我也有兴趣，"平对仄，仄对平，反正对分明，来鸿对去雁……"有一套口诀先背熟，然后再读秦老师手抄的妙对范本。我至今还记得一些绝妙的对联，什么"屋北鹿独宿，溪西鸡齐啼""和尚撑船篙打江心罗汉，佳人汲水绳牵井底观音"。当然，最有兴趣的要算是看闲书了，所谓闲书便是小说。

前面说到秦老师的桌上有许多不属于课本之类的书，这些书除掉医卜星相之外便是小说。以前我不敢去翻，这时朝夕相处，也就比较随便，傍晚散学以后百无聊赖，便去翻阅。秦老师也不加拦阻，首先让我看《精忠岳传》，这一看便不可收拾，什么《施公案》《彭公案》《七侠五义》《三国演义》都拿来看了，看得废寝忘食，津津有味，其中有许多字都不识，半看半猜，大体上懂个意思，这就造成后来经常读白字，写错字。

秦老师的书也不多，他很穷，无钱买书。但是，那时有一种小贩，名叫"笔先生"，他背着一个大竹箱，提着一个包裹，专门在乡间各个私塾里走动，卖纸、墨、笔、砚和各种教科书，大多是些石印本的《论语》《孟子》《百家姓》《千家诗》。除掉这些课本之外，箱子底下还有小说，用现在的话说都是些通俗小说。这些小说不卖给学生，只卖给老师，乡间的塾师很寂寞，不看点闲书很难受。只是塾师们都很穷，买的少，看的多，于是"笔先生"便开展了一种租书的业务。每隔十天半月来一次，向学生们推销纸、墨、笔、砚，给塾师们调换新书，酌收一点租费。如果老师叫学生多买点东西，那就连租费都不收，因此我们经常可以看到新书。那时，我经常盼望"笔先生"的到来，就像盼望轮到富人家供饭似的。

秦老师不仅让我看小说，还要和我讨论所看过的小说，当然不是讨论小说的作法，而是讨论书中谁的本领大，哪条计策好；岳飞应当"将在外君命有所不受"，不应当被十二道金牌召回临安，待他日直捣黄龙，再死也不迟。看小说还要有点儿见解，这也是秦老师教会我的。当然，秦老师这样做不会是想把我培养成一个作家，将来也写小说，可这些都在幼小的心灵中生下了根，与文学结下了不解之缘。

一年之后因为家庭的搬迁，我便离开了秦老师，从此以后就再也没有见到他，可他却没有忘记我。听我父亲说，他曾两次到我家打听过我，一次是在解放的初期，一次是在困难年，即60年代的初期。抗战胜利以后私塾取消，秦老师失业了，在家靠儿子们种田过日子，日子过得很艰难，据说是形容枯槁，衣衫褴褛，老来还惦记着他的两个得意门生，一个是我，一个是那位刘国培。大概他想起还教过一些学生的时候便可以得到一些安慰吧。前些年我回乡时也曾经打听过他，却没有人知道这世界上还有过或曾经有过叫秦奉泰的。"乡曲儒生，老死翰墨，名不出闾巷者曷可胜道。"我记起了秦老师曾经教过我的《古文观止》。

1987年5月

老叶，你慢慢地走啊

　　叶至诚走了，再也听不到他那爽朗的笑声了，写文章来悼念他，他也不知道，或者说我想写什么他也早已知道，他会劝我："别写吧，你多多保重自己。"他写了一世的文章，当然会知道我写这样的文章时心里是什么滋味。他一生一世不肯麻烦别人，从不伤害别人，不想别人扫兴，更不愿使别人伤心。他的为人甚至使我产生了一种预感：他的病已经无法挽回了，他很可能在江苏省五次文代会和作协四次代表会开会的期间去世，因为这时候他的老朋友都要到南京来开会，免得大家再跑一个来回，老朋友都不那么健壮了，舟车劳累。果然，我下午一时到南京，他在上午十一时便离开了人世……如果一个人最后可以用一句话为自己总结的话，叶至诚可以自豪地说一句："我不负天下人！"当然，叶至诚绝不会说这样的话，他不会自豪，他总觉得自己除掉文学之外，对一切都是无能为力。

我有负于叶至诚，如果三十五年前我不闯入他家，不去呼朋引类，那《探求者》的一场噩梦也许可以幸免。历史可以宣告我们无罪，痛苦和屈辱也可略而不计，可那金色的年华却因此而付诸东流，弄得叶至诚直到离休之后才抓紧时间坐下来，想好好地看点书，写点东西。今年夏天酷热，他的居所断水，我在电话中邀请他来苏州住几天，他说不行，有一篇文章正在结尾。结果是文章还没有写完，人却进了医院。等我得知他的病情恶化赶到南京看他时，他已经昏迷，偶尔睁开眼来时也不能讲话了，只是喃喃地重复着我的电话号码，他老是惦记着要给我打电话，有人说他可能有什么话要对我说，我想，他要对我说的话只有一句："你当心身体。"其余的事情不会有的，他不肯麻烦别人。

这个世界也有负于叶至诚，一个从十多岁就开始写文章、出书、当编辑、当作家，后来当《雨花》主编的人，最后的职称只是副编审。我看，在当今文学期刊的编审中很少有人能超过叶至诚。他读得那么多，中国的，外国的，从前的，最近发表的，只要是较有名的作品，他几乎是无所不晓。十多年前他就想编写一本世界名著的内容提要，可惜的是当时有人认为是没有必要，也不可能。现在这样的书已经有了，而且还不止一本。他读得多，因而对作品的见解也就比较准，比较深，对各种流派都不会大惊小怪。看不准的当然也有，可那抄袭和模仿却很难逃过他的眼睛。当他十多岁的时候，他的父亲叶圣陶先生常常要叫子女同读一个作品，读完后各自发表见解，总是三官（叶至诚的乳名）的见解最高明，这在叶圣陶的日记里都是有记载的。那一年文艺界和出版界评职称的时候简直是一场混战，当我听说叶至诚只能评副编审的时候也只能深深地叹了口气，真是冠盖满京华，斯人独憔悴。叶至诚对此当然不很高兴，但也未痛不欲生，他能作语自嘲，说他一生一世都只能是副，有一种附属性。年轻时，人家介绍他时总是说，这是叶圣陶的儿子叶至诚。中年时人家介绍他时又说，这是姚澄（著名的锡剧演员）的丈夫叶至诚。老来人家介绍他时还要说，这是叶兆言（著名的青年作家）的爸爸叶至诚。叶至诚说完后哈哈大笑，那笑声远近皆闻。我听了也忍不住要笑，笑完了不免要问，这到底是什么原因？

有一种境况是天成，谁叫他的父亲和妻、子都那么有名。另一方面，叶至诚自身也有缺点，他太不懂得斗争哲学，他文史都读，唯独对理论的学习很不认真。他藏书极丰，爱书如命，在同辈人之中，没有一个人的藏书能超过他的。50年代，有一位朋友在叶至诚家做客，对叶至诚的藏书之丰大为惊奇，他把所有的书橱都浏览过以后便提出一个问题："怎么看不见马列主义？"

叶至诚脱口而出："马列主义在外面。"他说的是实话，在他的书房门外确实有一口书橱，里面装着马列主义。言者无心，闻者有意，到了1957年批判叶至诚的时候，有一个朋友（这个朋友也是很值得同情的）写了一篇批判文章，题目就是《马列主义在外面》。文章不长，却易懂易记，像匕首一样锋利。在那年头，一个搞文艺的人居然把马列主义放在外面，这本来就是大逆不道，更何况那时的叶至诚已经掉进了《探求者》反党集团的深渊里，说明他走向反党反社会主义的道路绝不是偶然的。

叶至诚不懂得斗争哲学，他自己也知道是个大缺点，可也没有办法，与天斗他不懂天文，与地斗他不懂地理，与人斗他更是害怕，一看见要斗起来了，他立即鞠躬如也，哈哈而退。

有人说老叶的脾气好，不与人斗，可以长寿。现在看起来，这话也是错的，老叶的寿命并不长，终年六十六岁，与人斗的人其乐无穷，寿命也不一定就短到哪里去。

江苏省的四次文代会和五次文代会之间相距十一年，

开四次文代会时我送走了方之，开五次文代会时我又送走了老叶，一想到我的这两位挚友都已经不在人世的时候就要掉眼泪，可是想想我们相交的始末，却真正地体验到世间确有真情在，人生并非虚空的，这也是一种莫大的安慰。要不然的话，一个作家在拼命地追求真诚，追求真诚的友谊与爱情，到后来却发现爱情原来只是性欲，友谊只不过是利害关系，那才是一个作家最大的悲哀，而且是欲哭无泪。

1992年10月3日

江南厨王

　　在苏州当一个厨师很不容易，当一个有名的厨师更困难，因为苏州人懂吃，吃得精，吃得细，四时八节不同，家常小烹也是绝不马虎的。那些街头巷尾的阿嫂、白发苍苍的老太太，其中不乏烹饪高手，都是会做几只拿手菜的。苏州人在谈论自己的母亲、祖母、外婆的时候，常常要谈起这些伟大母亲的菜艺，总是有那么几只菜是使自己终生难忘的。在这样一个吃的水平很高的社会里当一个厨师，当一个有名的厨师，那是谈何容易！

　　吴涌根从高水平上起步了，他自幼学艺，刻苦锻炼，半个多世纪的心血和汗水，使他的烹饪艺术达到了一种出神入化的境地。他能在传统苏州菜的基础上灵活自如地创造出三百多种菜肴、二百多种点心，能使最挑剔的美食家在一个多月的时间内不吃重复的东西。他像一个食品的魔术师，能用普通的原料变幻出瑰丽的菜席；他像一个不用丹青的画家，能在桌面上绘出美妙可食的图画；他像一个心理学家，一旦知道了你的习性之后，便能估摸得出你欢喜吃些什么东西。他用他的手艺征服了高水平的食客，博得了"江南厨王"的美名。

吴涌根已经年过花甲了，他一辈子为人做菜，从来没有感到腻烦，而是越做越认真，越做越是兴致盎然，尤其难能可贵的是他不被自己的经验所束缚，在传统的基础上不停地创新。吴涌根很懂得食客们的心理，不能"吃来吃去都是一样的"，即使那些在饮食上有特殊习惯的人，他到饭店里来也绝不是想吃自己曾经吃惯了的东西。近十年来，人们的生活习惯和饮食口味在不停地改变，苏州菜也不那么太甜了，轻糖，轻盐，不油腻，已经成了饮食中的新潮流，传统的菜肴想一成不变也是不可能的。

现代的交通发达，世界变小了，打破了那种地区之间的封闭。四川人到苏州来，苏州人到广州去，外国人到中国来，中国人到外国去，这种频繁的交往，以及那种朝发夕至的运输食品的条件，不可避免地要带来饮食习惯的大迁移。由地区文化、气候物产、风俗习惯所形成的各种菜系，也不可能是一成不变的。问题是要防止变得不川不广，不中不西，不伦不类，变得各种菜系都失去了自己的特点。世界的发展和生活的发展绝不会是越来越单调，所谓美好的明天只能是五彩缤纷，流派纷呈，食物也是同样的。

吴涌根在菜点上的改革和创新与众不同，他的创新是建立在丰富的经验、丰富的知识、扎实操作的基本功之上。他把挖掘濒临失传的品种，恢复那种被走了样的做法，都是当作创新来对待的，所以他能使食客们在口福上常有一种新的体验，有一种从未吃过但又似曾相识的感觉。从未吃过就是创新，似曾相识就是不离开传统。他能吸收各种流派的长处，使苏州菜推出了许多新的品种，新的品种还是在苏帮菜之内，即使看上去像西餐，吃起来还是中国口味。这在烹调上来讲是一种少有的大手笔。

早就知道吴涌根师傅在写一本书，要把他多年的创新所得记录下来，传之于人，传之于后世，这很有必要，也很有意思。因为这种创新是代表了苏州菜的一个新的水平，是代表了一种正确的改革方向。

很少有人有这种口福，能吃遍吴师傅的三百多种菜和两百多种点心。但是每人都有这种可能，来读完这本《新潮食谱》，可以一饱口福，也可以一饱眼福。

1993年11月1日

又送高晓声

我先后送走了方之、叶至诚，如今又送高晓声。患难之交一一谢世，活着的我悲痛已经变成了麻木，好像是大限已到，只得听天由命。

我和高晓声从相识到永别算起来是四十二年零一个月。之所以能记得如此准确，是因为我和高晓声见面之日，也就是我们坠入深渊之时。那日，我和方之、叶至诚、高晓声聚到了一起，四个人一见如故，坐下来便纵论文艺界的天下大事，觉得当时的文艺刊物都是千人一面，发表的作品也都是大同小异，要改变此种状况，吾等义不容辞，决定创办同人刊物《探求者》，要在中国文坛上创造一个流派。经过了一番热烈的讨论之后，便由高晓声起草了一个

"启事"，阐明了《探求者》的政治见解和艺术主张；由我起草了组织"章程"，并四处发展同人，拖人落水。我见到高晓声的那一天就是发起《探求者》的那一天，那是1957年6月6日，地点是在叶至诚的家里。

流派还没有流出来，反右派就开始了。《探求者》成了全国有组织、有纲领的典型的反党集团，审查批判了半年多。审查开始时首先要查清《探求者》发起的始末，谁是发起人。起初我们是好汉做事一人当，都把责任拉到自己的身上，不讲谁先谁后。不行，一定要把首犯找出米，以便于分清主次。为了此事大概追挖了十多天，最后不得不把高晓声供出来了，是他首先想起要办一份同人性质的报纸或刊物，来形成一种文学的流派，再加上那份被称为是反党宣言的《探求者》"启事"又是高晓声起草的。这一下高晓声就成了罪魁祸首，众矢之的，批判的火力都集中到他的身上。高晓声也理解这一点，不反驳，不吭气。他知道凶多吉少了，索性放下《探求者》的事，开始思考自己的路。

在批判斗争进行得十分激烈时，高晓声突然失踪，谁也不知道他往何处。我们都很紧张，怕他去跳崖或投江。那时候，南京的燕子矶往往是某些忍辱而又不愿偷生者的归宿。叶至诚很了解高晓声，叫我们不必紧张，高晓声是不会自杀的。果然，过了几天高晓声回来了，负责审查《探求者》的人厉声责问高晓声："你到哪里去了？"

"回家。"

"回家做什么？"

"结婚。"

此种对话几乎是喜剧式的，可是高晓声的永远的悲剧便由此而产生。

高晓声那时有一位恋人，好像是姓刘，我见过，生得瘦弱而文静。两个人是同学，相恋多年但未结婚，其原因是女方有肺病，高晓声自己也有肺病，不宜结婚。此时大难降临，高晓声便以闪电的方式把关系确定下来，以期患难与共，生死相依，企图在被世界排斥之后，还有一个窝巢，还有一位红尘的知己。人总要有一种寄托才能活下去，特别是知识分子。

对《探求者》的批斗直到冬天才告一段落，高晓声被戴上右派分子的帽子送回老家劳动，他的新婚妻子辞掉了工作，到了高晓声的身边，准备共御风雨，艰难度日。谁知道那位姓刘的女士红颜薄命，大概不到一年的时间便因肺病不治而去世。高晓声心中最后的一点亮光熄灭了，他的灵魂失去了依附，失去了他在这个世界上可以停泊的港湾，可以夜栖的鸟窝。

高晓声自己的肺病也日益严重了，幸亏当时在苏州文化局工作的高剑南帮助，进苏州的第一人民医院治疗，拿掉了三根肋骨，切除了两叶肺，他才得以活了下来，但也活得十分艰难，十分痛苦。那正是"大跃进"之后的大困难年代，高晓声离开省文联时，居然没有想到要转粮油关系，他以为家乡的沃土总能养活一个归来的游子，何况高家是个大族，在家乡有广泛的社会关系。可他没有想到，大困难来时往往是亲子不认的。高晓声不得不想尽一切办法来疗饥驱饿。他拿掉了三根肋骨，重生活不能做，便捞鱼摸虾、编笋筐、做小买卖等等。详细的情况我不了解，我们之间从不谈论那二十年间各自的经历，过来人总是差不多的，只是偶尔谈到某种人与事时，提到他当年卖鱼虾时怎么用破草帽遮着脸，改鲁迅的诗句为"破帽遮颜坐闹市"。又说起过他的双手当年因为编笋筐，皮硬得很少有弄破手的时候。闲谈中还提起过他怎么育蘑菇和挖沼气池，这些事后来在他的作品中都有过描述。当人们在高晓声的作品中读到那些幽默生动的描述时，谁也不会想到他的"生活"竟是这样积累起来的。有一种幽默是含着眼泪的微笑，读者看到了微笑，作者强忍着泪水。

　　粉碎"四人帮"之后，我和方之、叶至诚都重新回到了文艺界，唯独不见高晓声，传闻他已经死了，又说他还活着。有一次我们都在南京开会，高晓声从乡下来了，那时《探求者》一案还没有正式平反，但是《探求者》的同人们已经可以发表作品。晚上，高晓声到我住的旅馆里来了。那一年，我们两人都是五十一岁，从三十岁分别，到五十一岁见面，整整的二十一年。高晓声见了我话也不多，便将一沓稿纸交给我，说是他写了一篇小说，要我看看，提点意见。这篇小说就是《李顺大造屋》。我看了以后很高兴，觉得高晓声虽然停笔二十多年，可这二十多年中他在创作上好像没有停止，没有倒退，反而比当右派前有了一个飞跃。《李顺大造屋》写的是一个农民想造房子，结果是折腾了二十多年还是没有造得起来。他不回避现实，真实而深刻地反映了当时农村的实况。不过，此种"给社会主义抹黑"的作品当时想发表是相当困难的。我出于两种情况的考虑，提出意见要他修改结尾。我说，上天有好生之德，让李顺大把房子造起来吧，造了几十年还没有造成，看了使人难受。另外，让李顺大把房子造起来，拖一条"光明的尾巴"，发表也可能会容易些。后来方之和叶至诚看了小说，也同意我的意见。高晓声同意改了，但那尾巴也不太光明，李顺大是行了贿以后才把房子造起来的。

《李顺大造屋》发表以后，受到了广大读者的欢迎，同时，他的复出也受到文坛的注意。高晓声的文思泉涌了，生活的沉积伴随着思想的火花使得他的作品像井喷，一篇《陈奂生上城》继《阿Q正传》之后写出了江南农民的典型，一时间成了中国文坛上的亮点。

这一切似乎又是喜剧了，是50年代的悲剧变成了80年代的喜剧。可那喜剧后面的悲剧并没有完全消失。高晓声写出了胸中的块垒之后，开始寻找自己灵魂的归宿了，他要重新找回那失去的伊甸园。他在农村里劳动时，曾经第二次结婚。这一次结婚没有什么浪漫了，完全是现实主义的，其中的一个主要的目的就是想传宗接代。高晓声是独子，家中略有房产，如果不结婚，没有儿子，那么，这一房就是绝房。在农村里，"绝后代"是一句很刻毒的骂人的话，"绝房户"是会受人觊觎的。高晓声的父亲，包括高晓声在内，都咽不下这口气，决心为高晓声续弦。找了一个也是第二次结婚、没有文化的农村妇女。一个右派分子，半个残疾人，还有什么可以挑剔的呢，人家不嫌你是右派，你也就别管她有没有文化了。何况当年的高晓声是个农民，即使和没有文化的农村妇女一起生活，也会有共同的语言，举凡生儿育女、割麦栽秧、除草施肥、鸡鸭猪羊、蚕桑菜畦……共同的语言是产生于共同的劳动之中，当时的高晓声已经远离了文学，绝不会想到要和一个没有文化的妻子去谈论什么现实主义和浪漫主义。

生活是个旋转的舞台，被送回乡劳动的高晓声又离开了农村进了城，全家农转非，在城里分了房子。一切都安置好之后，高晓声的灵魂无处安置了，他念念不忘那位早故的妻子，曾经用他们之间的故事写了一个长篇《青天在上》；他一心想要收复那失去的伊甸园，想建造一个他所设想的、有些浪漫的家庭，这就引发了一场离婚的风波。夫妻感情是一个很复杂、很细致的问题，他人很难评说，我只是劝他，不是所有的悲剧都能变成喜剧，你不能把失去的东西全部收回，特别是那精神上的创伤，是永远不会痊愈的，唯一的办法只有忘记。高晓声的个性很强，他习惯于逆向思维。你说不能收回，他却偏要收回，而且要加倍收回！此种思维方式用于创作可以别开生面，用于生活却有悖常规，而且是不现实的。

生活不等于创作，高晓声无法用创作的手法来建立一个理想中的家庭，长期生活在孤独、动荡不安之中，身体日渐衰弱，性格更为内向而倔强，他绝不改变自己的意愿，但那理想中的家庭终于未能建立起来，直到临终前刹那，高晓声已经不能讲话了，他还用手指在空中划了一个很大的字，站在旁边的人都看得很清楚，那是一个"家"字。

回去吧，老高，那边有你理想中的家。

1999年10月

写写文章的人

　　叶圣陶老先生的墓在吴县市的甪直镇，在他曾经教过书的地方。他的墓地如今也成了一个景点，成了一处供人游览的所在。人们到甪直古镇看了小河、小桥、小庙里的大菩萨——唐塑罗汉之后，都要去瞻仰一下叶圣陶先生的墓；中小学生更是排了队到叶老的墓前对着他的坐像三鞠躬，表示对这位老教育家、老作家、老编辑的敬意。

　　我一直怕到叶老的墓前去，我总觉得他坐在那里很不舒服，因为他在生前便有过交代：不要为他造陵墓，不要为他留故居。他认为造陵墓是浪费土地，留故居是空关房屋。他说过，现在的故居太多了，可却有些人没有房子住。然而，他的这一些交代都未曾被我们遵守，包括我自己在内。

叶老在世的时候，把他在苏州的一座房子交给我，要我设法修修好，供各地的作家来苏州旅游时居住，作家们多穷，住不起宾馆。他关照，不要叫什么故居，可称作招待所。

我把叶圣老捐赠房产的字据交给了苏州市文联，由文联来办理此事。可是我们着手办理此事时，不能说是要修什么招待所，只能说是为叶老修故居。

叶老的房屋年久失修，里面住了五户人家，要请房管局拿出五套住房让居民搬迁。如果说是要办什么招待所的话，那就免开尊口了，谁也不会理睬你。只好打出牌子，说是要为叶老修故居。我们还真的挂起了牌子，因为故居后面的宾馆要扩建，有人动议，要把叶老的破房子拆除。我们得到消息之后，赶快找了一块木板，手写了"叶圣陶故居"五个大字钉在门上，同时四处扬言，说是叶圣陶故居应该作为文物保护单位而加以保护。

在修复叶老的故居时，特地请书法家瓦翁先生写了"叶圣陶故居"五个大字砖刻在石库门的上方，以昭千秋。我看着这五个字时只能暗自检讨：对不起了，叶老，不称故居的嘱咐我无法做到，不空关房屋倒是可以做到的，我们把叶圣陶的故居作了《苏州杂志》的编辑部。

叶圣陶先生所以反对别人为他修故居、修陵墓，那是因为他从不把自己当作是什么大人物、大作家，只承认自己是个"写写文章的人"。

　　叶老称作家为"写写文章的人"，此话我是在1957年春天全国第一次青年创作者代表大会上听到的。那一次开会时，会议的主持人曾就大会的名称作了说明，说大会之所以称为青年创作者代表大会，而不是称为青年作家代表大会，是因为与会者虽然都写了一些好作品，但是现在就戴上一顶作家的桂冠似乎还早了一点，还是称为青年创作者比较合适。叶圣陶先生就是接着这个话题讲了他的看法，他认为古往今来能够称得起作家的人不多，实实在在地讲，大家都是些"写写文章的人"。

　　叶老的此种说法不知道是他自己的发明呢，还是从英文译过来的。英文里一般地称作家为writer，英文write是写，写文章等等，writer当然就是写写文章的人了。如果真是这样的话，叶老在将近五十年前已经"与国际接轨"了。

　　叶老的乡音不改，当年在大会上也是讲的苏州话，许多人都听不懂，听懂了的人也不大愿意接受，不管怎么样，称作家总比称写写文章的人简便而又好听些。评职称更方便，一级作家、二级作家，好，职改办能接受。一级写写文章的人、二级写写文章的人……什么！没人会认的，涨不了工资也分不到房子。

叶老的说法不可能被普遍地接受，他大概也不希望能被大家接受，只是希望大家心里明白：不要以为自己有什么了不起，只不过是一个写写文章的人罢了。

叶老的苏州话我是听得懂的，听懂了以后也是隔了将近三十年才能领会其中的深意。"写写文章的人"，这种称谓多么随和、淳朴、真诚，它会使作者与读者之间的距离消失；也能使作者放下架子，减轻负担，老老实实地写写文章，老老实实地做人，懂就是懂，不懂就是不懂，不必因为头上有一道光环而去装腔作势，不必花那么多的力气去推销自己，特别是年纪稍长的人，精力又不旺盛，装腔作势也吃力得很。

如果能把自己看作是个写写文章的人，还可借来一双慧眼，识别各种高帽子，不会真的把自己当成是什么"灵魂的工程师"。灵魂的工程师能当吗？你设计人们的灵魂，万一灵魂坏了呢，你担当得起！有些罪犯已经在为自己开脱了，说是受了某种小说的影响才走上了犯罪的道路。这话不知道是真的还是假的，我总怀疑，这种人是在把灵魂崩塌的责任推给别人，要把那些自我感觉良好的灵魂工程师推上道德法庭。

前些时我又到了叶老的墓前，这一次我不怕了，我倒是想说服叶老，请他老人家安坐在陵墓前，不要感到不舒服，更不能如坐针毡，造陵墓、留故居，这都不是你的本意，实在是后生小子们要求你老人家死后再作点贡献，不仅是要你的道德文章垂训后世，还要请你老人家再为后代谋点儿福利。你的陵墓已经成了一个景点，在这旅游事业大发展的年代，甪直古镇的人民也可以托您老人家的福，增加了不少的收入；请您老不必觉得这是什么负担，鲁迅先生的负担比您还要重些，他不仅是贡献了故居和书屋作为景点，连他手下的没出息的阿Q和孔乙己也被用来创收，看样子祥林嫂也守不住了，说不定会开爿小饭店，出卖鲁迅曾经参与偷吃过的罗汉豆，外加祥林嫂水饺什么的。有人说，如果鲁迅还活着的话，他会写几篇文章来加以鞭挞。这也不一定，鲁迅先生是个明白人，此种无损于众而有利于人的事情鲁迅先生也不一定就会反对。

　　死者已矣，只能被人任意解读，活着的人却可以因此而得到一些教益，心里要明白：所谓作家者，一般地讲都是些写写文章的人。别人称之为作家，那是对某种职业的尊敬，或者是一种礼节。如果在作家之上还要加上点形容词，什么名作家、著名作家、大作家、实力派作家、当红作家……这可能并非是对你的恭维，而是人家自己的需要，很可能是一种广告行为，与你真正的价值并无多大的关系。当然，你也不要不识抬举，去提出诉讼，去发明一种"捧杀"罪。好听的话你听了也就算了，不能乐滋滋地吸进去，吸多了会上瘾，一旦吸不着的时候就会情绪低落，哈欠连天，怨张怪李。这样的人我见过，这样的情愫我也曾有过，这时候我就会想起叶圣陶先生的话：写写文章的人。

我不主张故作清高，或者说是视名利如草芥，这实际上是做不到的，但有一点可能做到：对文章之外的各种生动活泼的演出心里有数，由它自去上演，切不可把假戏当真，自己按捺不住，跳上台去，亲操刀枪剑戟，打得灰尘四起！这一下可有点惨了，写写文章的人也许从此再也写不出什么好文章来。

2000年6月7日

酒仙汪曾祺

　　算起来汪曾祺要比我长一辈。作家群中论资排辈，是以时间来划分的。30年代、40年代、50年代……我们50年代的老友常把汪曾祺向40年代推，称他为老作家，他也不置可否，却总是和我们这些50年代的人混在一起，因为我们都是在粉碎"四人帮"以后才活过来的。

　　汪曾祺虽说是江苏人，可是江苏的作家们对他并不熟悉，因为他多年来都在北京京剧界的圈子里。直到粉碎"四人帮"后，《雨花》复刊，顾尔镡当主编。有一天，叶至诚拿了一篇小说来给我们看，所谓的我们是方之、高晓声和我。小说的作者就是汪曾祺。小说的题目我记不清了，好像是《异秉》，内容有一个药店里小学徒，爬到房顶上去晒草药等。我之所以至今只记得这一点，是因为当年我家的隔壁也有一个小药铺，所以看起来特别亲切，至今也印象深刻。我们三个人轮流读完作品后，都大为赞赏，认为写得太好了，如此深厚淳朴，毫不装腔作势的作品实在是久违。同时也觉得奇怪，这样好的作品为什么不在北京的那几份大刊物上发表，而要寄到《雨花》来。

叶至诚说稿件已在北京的两家大刊物吃了闭门羹，认为此稿不像小说也不像散文，不规范。这话不知道是真的还是出于对作者政治考虑的托词。我们几个人对此种说法都不以为然，便要叶至诚去说服主编顾尔镡，发！顾尔镡号称顾大胆，他根本用不着谁来说服，立即发表在《雨花》的显要地位，并且得到了普遍的赞扬和认可。从此，汪曾祺的作品就像雨后春笋，在各大刊物出现。

上世纪80年代的初期，作家们的活动很多，大家劫后相逢，也欢喜聚会。有时在北京，有时在庐山，有时在无锡，有时在苏州。凡属此种场合，汪曾祺总是和我们在一起。倒不是什么其他的原因，是酒把我们浸泡在一只缸里。那时方之已经去世了，高晓声、叶至诚和我，都是无"酒"不成书。汪曾祺也有此好，再加上林斤澜，我们四五个人如果碰在一起的话，那就热闹了。一进餐厅首先看桌上有没有酒，没有酒的话就得有一个人破费。如果有，几个人便坐在一起，把自己桌上的酒喝完，还要到邻桌上去搜寻剩余物资，直喝得服务员站在桌子旁边等扫地。有时候我们也会找个地方另聚，这可来劲了，一喝就是半天。我们喝酒从不劝酒，也不干杯，酒瓶放在桌子上，谁喝谁倒。有时候为了不妨碍餐厅服务员的工作，我们便把酒带回房间，一直喝到晚上一两点。喝酒总是要谈话的，那种谈话如果有什么记录的话，真是毫无意义，不谈文学，不谈政治，谈的尽是些捞鱼摸虾的事。我们都是在江河湖泊的水边上长大的，一谈起鱼和水，就争着发言，谈到后来酒也多了，话也多了，土话和乡音也都出来了，汪曾祺听不懂高晓声的武进话，谁也听不懂林斤澜的温州话，好在是谁也不想听懂谁的话。此种谈话只是各人的一种抒发，一种对生活的复述和回忆。其实，此种复述可能已经不是原样了，已经加以美化了，说不定哪一天会写到小说里。

汪曾祺和高晓声喝起酒来可以说真的是陶然忘机，把什么都忘了。那一年在上海召开世界汉学家会议，他们二人和林斤澜在常州喝酒，喝得把开会的事情忘了，或者说并不是忘了，而是有人约他们到江阴或是什么地方去吃鱼、喝酒，他们就去了，会也不开了。说起来这个会议还是很重要，世界上著名的汉学家都来了，因为名额的限制，中国作家参加的不多。大会秘书处到处打电话找他们，找不到便来问我，我一听是他们三人在一起，就知道不妙，叫秘书处不必费心了，听之由之吧。果然，到了会议的第二天，高晓声打电报来，说是乘某某次列车到上海，要人接站。秘书处派人去，那人到车站一看，坏了，电报上的车次是开往南京去的，不是到上海的。大家无可奈何，也只能随他去。想不到隔了几个小时，他们弄了一辆破旧的上海牌汽车，摇摇摆摆地开上小山坡来了，问他们是怎么回事，只是说把火车的车次记错了，喝酒的事只字不提。

还有一次是在香港，中国作家协会组织了一个大型的代表团到香港访问，代表团内有老中青三代人，和香港的文化界有着多方面的联系，一到香港就乱了，你来请，他来拉。那时香港请客比内地厉害，一天可以吃四顿，包括请吃宵夜在内。汪曾祺在香港的知名度很高，特别是他在一次与香港作家讨论语言与传统文化时的发言，简直是语惊四座。当时，香港有一位文化人，他的职业是看风水和看相，灵验有如神仙，声望很高，酬金也很高，是位富豪。不知道他怎么会了解到汪曾祺也懂此道，并尊汪曾祺为大哥，他一定要请汪曾祺吃晚饭，并请黄裳和我作陪。我因为晚上要开会，不能去。到了晚上十一二点钟，我的房门突然被人猛力推开，一个人踉跄着跌进来，一看，是汪曾祺，手里还擎着大半瓶X.O，说是留给我的。大概是神仙与酒仙谈得十分投机，喝得也有十分酒意。汪曾祺乘兴和我大谈《推背图》和麻衣相，可惜当时我有点心不在焉，没有学会。

汪曾祺不仅嗜酒，而且懂菜，他是一个真正的美食家，因为他除了会吃之外还会做，据说很能做几样拿手的菜。我没有吃过，邓友梅几次想吃也没有吃到。约好某日他请邓友梅吃饭，到时又电话通知，说是不行，今天什么原料没有买到。改日。到时又电话通知，还是某种菜或是什么辅料没有买到。邓友梅要求马虎点算了。汪曾祺却说不行，在烹饪学中原料是第一。终于有一天，约好了时间没有变，邓友梅早早地赶到。汪曾祺不在家，说是到菜场买菜去了。可是等到快吃饭时却不见他回来，家里的人也急了，便到菜市场去找。一看，他老人家正在一个小酒店里喝得起劲，说是该买的菜还是没有买到，不如先喝点吧，一喝倒又把请客的事儿忘了。邓友梅空欢喜了一场，还是没有吃到。看来，要想吃酒仙的菜是不容易的。

2002年12月2日

名家散文

鲁迅：直面惨淡的人生

胡适：天下没有白费的努力

许地山：爱我于离别之后

叶圣陶：藕与莼菜

茅盾：斗争的生活使你干练

郁达夫：夜行者的哀歌

徐志摩：我有的只是爱

庐隐：我追寻完整的生命

丰子恺：我情愿做老儿童

朱自清：热闹是它们的，我什么也没有

老舍：有朋友的地方就是好地方

冰心：繁星闪烁着

废名：想象的雨不湿人

沈从文：每一只船总要有个码头

梁实秋：烟火百味过生活

林徽因：你是人间的四月天

巴金：灯光是不会灭的

戴望舒：我的心神是在更远的地方

梁遇春：吻着人生的火

张中行：临渊而不羡鱼

萧红：我的血液里没有屈服

季羡林：微苦中实有甜美在

何其芳：紧握着每一个新鲜的早晨

孙犁：人生最好萍水相逢

琦君：粽子里的乡愁

苏青：我茫然剩留在寂寞大地上

林海音：唯有寂寞才自由

汪曾祺：如云如水，水流云在

陆文夫：吃也是一种艺术

宗璞：云在青天

余光中：前尘隔海，古屋不再

王蒙：生活万岁，青春万岁

张晓风：年年岁岁岁岁年年

冯骥才：生活就是创造每一天

肖复兴：聪明是一张漂亮的糖纸

梁晓声：过小百姓的生活

赵丽宏：闪烁在旷野里的微光

王旭烽：等花落下来

叶兆言：万事翻覆如浮云

鲍尔吉·原野：为世上的美准备足够的眼泪